Bird Frog

AF381831

Konstantin Fuchs

Konrad Konnie Konradson

Der schlechteste Detektiv der Welt

Druck und Distribution im Auftrag des Autors.
tredition GmbH, Halenreie 40-44, 22359 Hamburg,
Deutschland

ISBN
Paperback 978-3-384-21107-1

Kapitel Eins: Warum muss Sören Eckel sterben?

1

„Die Leiche ist noch warm, es kann also noch nicht so lange her sein."

„Finger weg von dem, das ist mein Mann, der schläft nur!"

„Achso.", sagte Konrad, der schlechteste Detektiv der Welt, und rümpfte die Nase. „Wo ist die Leiche denn dann?"

„Die Leiche ist doch noch gar nicht tot.", sagte die ältere Dame, Frau Szabinski, zu ihm.

„Wie soll das denn bitte möglich sein?", fragte Konrad und hörte nun den Totgeglaubten schnarchen.

Konrad war dem Anruf der Dame gefolgt und stand nun in ihrem Wohnzimmer, in der siebten, obersten Etage eines etwas heruntergekommenen Hochhauses.

Das Hochhaus befand sich in der Bruchbudenstraße 11, welche nach dem Kunstmaler Wolfgang Bruchbude benannt war, der vor allem für seine Skulpturen aus

Fruchtfleisch, sowie für seine großformatigen Geldschein-Aquarelle einige Berühmtheit erlangt hatte.

Dies tut hier aber nichts zur Sache.

„Der Tote lebt eben noch. Aber nicht mehr lange.", sagte die alte Frau.

„Wer ist der Tote, der noch lebt- um wen handelt es sich überhaupt?", fragte der Detektiv mit treffsicheren Worten, „Und wieso lebt er nicht mehr lange?"

Nun flüsterte die alte Dame: „Es handelt sich dabei um meinen Nachbarn, Sören Eckel."

„Und warum wird Sören Eckel sterben?"

„Weil er immer so laut Musik hört.", sagte die alte Frau zum Detektiv und schmunzelte verlegen.

„Ich verstehe nicht recht.", gab Konrad zu.

„Hören Sie zu Konrad, ich sage es jetzt wie es ist, auch wenn sie es mir vielleicht nicht glauben werden: Ich bin eine Wahrsagerin, ich kann in die Zukunft sehen."

„Dann wissen sie auch, was ich als nächstes tun werde?", fragte Konrad Konradson skeptisch.

„Sie werden mir widersprechen."

„Das glaube ich aber nicht.", sagte Konrad und erfüllte damit die Prophezeiung, ohne es zu bemerken.

„Jedenfalls habe ich diese Visionen.", sagte die Wahrsagerin Szabinski, „Mein Nachbar Sören Eckel wird auf mysteriöse Art und Weise sterben."

2

„Wussten sie, dass Sie bald sterben werden?",
fragte der Detektiv, nachdem Nachbar Eckel seine
Tür geöffnet hatte.

Konrad hatte unentwegt geklopft und auch
geklingelt, bis Sören Eckel endlich hervortrat.

Im Hintergrund war tatsächlich Musik zu hören,
aber sie spielte in angemessener Zimmerlautstärke
und war wohl kaum ein Grund sich zu beklagen.

In dem Moment, als die Tür aufging, machte sich
die alte Frau aus dem Staub, und verschwand
wiederum in ihrer Wohnung, die Eckels direkt
gegenüber stand.

Es waren zwei Türen die einander still anblickten,
so wie Cowboys vor einem Duell.

„Wer bist du und was willst du?", fragte Eckel,
und sein kräftiger Bierbauch trat aus dem
Bademantel hervor.

Eckel war unrasiert, Anfang fünfzig, und trug den
Duft von Fertigpizza und Bier überall mit sich
herum, wohin er auch ging.

Zum Glück verließ er seine Wohnung nur recht selten.

Meistens nur dann, um Nachschub an Bier oder Pizza aufzutreiben.

Die sonstige Zeit verbachte er vor seinem Surround Sound System.

„Mein Name ist Konrad, ich bin Detektiv. Hier ist meine Karte.", sagte Konrad und reichte Eckel seine Visitenkarte.

Eckel nahm die Karte entgegen und las laut vor:

„Konrad.

Detektiv."

Dann blickte er Konrad fragend an und wollte ihm die Visitenkarte zurückgeben.

„Nein, nein, die ist für Sie, die dürfen Sie behalten. Ich habe noch viel mehr von denen."

„Aber, da steht gar keine Telefonnummer drauf und auch kein Nachname. Und auch sonst nichts.", stellte Sören Eckel verwundert fest.

Konrad wurde langsam ungeduldig.

Die lebendige Leiche, die da vor ihm stand, redete -für seinen Geschmack- etwas zu viel.

„Ich bin nur hier um den Mord an ihnen aufzuklären.", sagte Konrad.

„Wie sie sehen, lebe ich noch. Und ich habe auch nicht vor zu sterben.", entgegnete Eckel, „Also bitte verschwinden sie jetzt. Ich möchte jetzt Musik hören."

Dann schlug er einfach die Türe zu und Konrad stand nun zwischen zwei verschlossenen Türen.

3

Sein Name war Konrad Konnie Konradson und er war der schlechteste Detektiv der Welt.

Er hatte noch keinen Fall in seinem Leben gelöst, und war doch immer einigen Verbrechern auf der Spur.

Er hatte sein Hobby zum Beruf gemacht- und vielleicht war das sein Problem.

Denn seine Leidenschaft und sein Talent trafen sich recht selten.

Letztendlich war er Detektiv geworden, weil er sich seit seiner Kindheit für nichts anderes hatte begeistern können.

Er liebte das Rätsel-Lösen, doch das Rätsel-Lösen liebte ihn nicht wirklich.

So blieb es stets ein Rätsel-Raten.

Nachdem er die dritte Klasse dreimal wiederholen musste, durfte Konrad auf dem Gymnasium drei Klassen überspringen.

Weder war er wirklich zurückgeblieben, noch hatte er eine plötzlich entwickelte Hochbegabung vorzuweisen.

Es pendelte eben hin und her, für unseren Konrad Konradson.

Seinen Namen nahm er seinen Eltern übel, die sich immerzu aus der Verantwortung zogen, und die Schuld auf den Großvater, einen anderen Konrad, schoben.

Nach ihm benannten sie eben den Jungen, denn der Großvater bestand damals darauf.

„Mir egal, ob es sich seltsam anhört. Er ist ein Konrad!“, hatte Opa Konrad damals gesagt, und: „Ich habe den Krieg nicht überlebt, dass mein Enkelsohn meinen wunderbaren Namen ablehnt.“

Tatsächlich war Konrad Obertal, der Großvater mütterlicherseits, niemals wirklich im Kriegsdienst gewesen, hatte den Krieg zwar miterlebt, aber eher aus der Zeitung, als von der Front.

Trotzdem bestand er auf seine abenteuerlichen Erzählungen, in denen er immer der Held war, und alles andere immer der Untergang.

Konrad Obertal also bestand auf den Namen Konrad Konradson für seinen Enkelsohn, und nach ein paar namenlosen Wochen, einigte man sich schließlich darauf.

Oder: die Eltern des Kindes gaben einfach nach.

„Großvater hat ja sonst nichts in seinem Leben.", hatte die Mutter zum Vater immer wieder gesagt, und der Vater hatte zur Mutter immer wieder gesagt: „Unser Junge wird ein schwieriges Leben haben, mit diesem verfluchten Namen."

Dann mischte sich auch noch Großmutter Kornelia ein: „Ich bin doch nicht Dreiviertel meines Lebens mit meinem Mann verheiratet, dass er mir jetzt den Namen meines Enkels wegnimmt."

„Unser Sohn ist eben ein Sohn, und keine Tochter.", sagte die Mutter von Konrad, „Wir können ihn nicht nach dir benennen."

„Aber ihr wollt ja keine Kinder mehr, das hast du schon zu mir gesagt."

„Wir wollten ja nicht einmal dieses Kind.", sagte Konrads Vater auf einmal.

Großmutter Kornelia meinte: „Also wird dieses Kind auch meinen Namen tragen."

„Er wird bestimmt nicht Kornelia heißen!"

„Dann eben Konnie!", sagte Kornelia, „Das ist doch mein Spitzname."

„Er heißt doch schon Konrad!", rief der Großvater.

„Er heißt doch schon Konrad.", stimmten Vater und Mutter von Konrad zu.

„Dann mit Zweitnamen Konnie.", forderte die Großmutter, und damit stand der Name des ungewollten Kindes fest:

Konrad Konnie Konradson.

Es mochte schrecklichere Kinder gegeben haben, aber schrecklichere Namen gab es kaum.

Konrad sollte dann ein, wenn nicht schweres, so doch ein außergewöhnliches Leben haben.

Schwer waren nur Kindheit, Jugend und das junge Erwachsenenalter, da er unter ständigen Hänseleien zu leiden hatte.

Es begann mit dem Namen, was seinem Charakter nicht guttat, und als sich seine Mitschüler dann an seinen Namen gewöhnt hatten, da war es dann sein Charakter, der unter den Scherzen leiden musste.

Das eine führte immer zum anderen.

So war Konrad Konnie Konradson von Beginn an, von den ersten Momenten seines Lebens an, ein Außenseiter.

„Deine Dummheit wird dir irgendwann einmal noch dein Leben retten.", hatte Konrads Mutter einmal zu ihm gesagt.

Sie hatte es nicht einmal böse gemeint.

Fast konnte er einem leidtun.

4

„Jetzt ist Sören Eckel tot.", sagte die aufgeregte Stimme am Telefon.

Konrad erkannte die Stimme sofort, es war die Frau vom Vortag.

Frau Szabinski.

Die Wahrsagerin.

„Wie ist das passiert?", fragte Konrad.

„Das weiß ich auch nicht.", schluchzte Szabinski, „Aber die Polizisten glauben jetzt, dass ich es war. Nur weil ich denen gesagt habe, dass ich wusste, dass Eckel sterben würde."

„Jetzt hören sie mir gut zu, Frau Szabinski.", sagte Konrad, „Sprechen Sie nicht mehr mit der Polizei, und holen sie sich am besten einen Anwalt."

„Ein Anwalt kann mir auch nicht helfen.", weinte die alte Dame durch das Telefon, „Aber Sie können mir helfen, Herr Konradson. Nur Sie."

„Ich werde so schnell ich kann da sein.", versprach Konradson, „Sie stehen unter Schock, also bitte beruhigen Sie sich, soweit es eben geht."

Er hörte nur noch unverständliche Worte, die
hinter Tränen verschwanden, legte auf, und
richtete sich so schnell er nur konnte.

5

Eine Gruppe von Kindern stand vor dem Hochhaus, in dem Frau Szabinski wohnte, und in dem Sören Eckel gelebt hatte.

Sie starrten auf die oberen Stockwerke und versuchten mit sensationsgierigen Augen etwas zu entdecken, das sie aus ihrer Langeweile entreißen würde.

Vor dem Hochhaus standen zwei Polizeiwagen, einer davon noch immer mit leuchtendem Blaulicht.

„Was ist da drin passiert?", fragte ein Kind Konrad Konradson, der gerade in seinem VW eingetroffen war.

„Da ist ein Mord passiert.", erklärte Konrad, „Ein Mann wurde ermordet."

„Was ist ein Mord?", fragte ein eigentlich sonst immer schüchterner Junge, mit blonden, etwas zu langen Haaren.

„Ein Mord ist, wenn ein Mensch umgebracht wurde.", antwortete Konrad.

„Ist man dann tot?", fragte ein Mädchen, das einen
Tretroller in den Händen hielt, und geflochtene,
braune Haare hatte.

„Dann ist man tot.", bestätigte Konrad.

„Was heißt das denn?", fragte der Junge wieder.

„Dann hat man aufgehört zu leben.", antwortete
Konrad, „Man atmet nicht mehr, das Herz schlägt
nicht mehr, und vor allem: der Kopf denkt dann
nicht mehr weiter."

„Wenn man nicht ermordet wird, lebt man dann
ewig?", fragte das Mädchen jetzt.

„Aber nein.", lachte Konrad, „Jeder muss und
wird sterben. Auch du."

Jetzt begann das Mädchen leise zu weinen,
versuchte aber die Tränen vor Konrad und den
anderen Kindern zu verstecken.

„Wie wurde der Mann denn ermordet?", fragte der
Junge wieder, indem er all seinen noch
vorhandenen Mut zusammennahm.

„Das versuche ich jetzt herauszufinden.", sagte
Konrad, „Und dann versuche ich noch den Täter

zu finden- der läuft nämlich vermutlich noch frei herum.“

Konrad wandte sich mit einem siegessichern und selbstzufriedenen Lächeln ab, bückte sich unter dem Absperrband der Polizei hindurch, und betrat dann auf eigene Faust das Hochhaus.

Er ließ eine kleine Gruppe von traumatisierten Kindern zurück, die nun auf einmal mit ihrer eigenen Endlichkeit, sowie der immerzu währenden Möglichkeit tödlich endender Gewaltexzesse konfrontiert worden waren.

6

„Och, bitte nicht Konrad Konradson.", sagte der Polizist, als er Konrad erkannte, „Was machen Sie denn hier?"

„Ich ermittle hier in dem Fall.", entgegnete Konrad.

„Das können Sie sich mal schön wieder abschminken. Gehen Sie nach Hause, trinken Sie einen Tee, aber lassen Sie uns hier unsere Polizeiarbeit machen."

„Wer ist es denn?", fragte die Stimme eines anderen Polizisten aus der Wohnung von Frau Szabinski heraus.

„Es ist nur Konrad."

„Konrad Konradson?", fragte die Stimme des Kollegen, Herr Bert.

„Ja, genau.", antwortete der Chefermittler und Polizeichef der Stadt, Herr Gottnochamal.

„Och, bitte nicht Herr Konradson!", konnte man Herrn Bert fluchen hören.

Konrad und Gottnochamal standen sich im Treppenhaus gegenüber, wie zwei alte Feinde, die nach langer Zeit wieder aufeinander trafen.

„Aber Herr Gottnochamal, ich habe ihnen doch in der Vergangenheit auch immer zur Seite gestanden und geholfen.", erklärte sich Konrad Konradson.

„Im Weg gestanden haben Sie. Und meine Zeit gestohlen. Das haben Sie gemacht. Mehr aber auch nicht. Und jetzt halten Sie sich bitte an das Gesetz und begeben sich auf der Stelle hinter die Polizeiabsperrung. Suchen Sie sich doch irgendeine Freizeitbeschäftigung, lesen Sie ein Buch oder machen Sie Sport, oder was auch immer. Aber bitte: lassen Sie uns jetzt bitte einfach in Ruhe ermitteln."

„Ist das Konrad Konradson?", rief eine Frauenstimme.

„Frau Szabinski?", rief Konrad.

„Ein Glück sind Sie da!", rief Szabinski, „Bitte kommen Sie doch so schnell wie möglich rein."

Dem Polizeichef Gottnochamal platzte jetzt fast der Kragen, denn er hatte einfach keine Lust

darauf, sich jetzt noch mit den Lebenden
herumzuärgern, wo er es doch schon mit einer
Leiche zu tun hatte.

„Keine Chance.", rief Gottnochamal in Richtung
Szabinski, „Konrad kommt ganz bestimmt nicht zu
ihnen rein."

Aus ihm sprachen 40 Jahre Berufserfahrung, und
fast 60 Jahre Enttäuschung.

„Aber ich brauche ihn.", rief die verschreckte
Stimme der alten Frau.

„Der ist zu nichts zu gebrauchen.", rief der
Polizeichef zurück.

„Ich habe das Recht auf einen Anwalt!", schrie die
alte Frau.

Chefermittler Gottnochamal drehte sich zur Tür
herum und rief in die Wohnung der alten Frau
herein: „Dann holen Sie sich doch einfach einen
Anwalt!"

„Ich will Konrad Konradson!", entgegnete Frau
Szabinski mit aller Kraft, die da noch aus ihrer
brüchigen Stimme herauszuholen war, „Konrad
Konradson wird mein Anwalt sein!"

Nun war Herr Bert, der Assistent des Chefermittlers, in den Flur getreten und flüsterte etwas zu laut zu seinem Chef: „Sie hat das Recht auf einen Anwalt. Und auch wenn Konradson keiner ist, darf er sie trotzdem vertreten. Es ist leider so. Sie will nun mal, aus welchen Gründen auch immer, dass Konradson als ihr Anwalt fungiert."

Konrad schmunzelte dem Chefermittler ins Gesicht, denn er wusste, dass er diese erste Schlacht nun doch noch gewonnen hatte.

„Gehen Sie rein zu ihr, Konrad.", sagte Herr Gottnochamal verschämt, „Aber wehe, Sie machen mir wieder Ärger."

7

„Aber Frau Szabinski, Sie sind ja völlig am Ende.“, stellte Konrad erschrocken fest.

„Die glauben, ich hätte meinen Nachbar getötet.“, antwortete sie, „Natürlich bin ich da am Ende.“

„Die Polizisten begreifen eben nicht, dass Sie eine Wahrsagerin sind, die in die Zukunft blicken kann.“

„Da haben Sie vollkommen Recht. Die glauben ich hatte Täterwissen, dabei kann ich nur Hellsehen.“

„Keine Sorge Frau Szabinski, ich werde mein Bestes geben, ihnen zu helfen.“, versprach Konrad, „Ich muss einfach aufklären, warum Sören Eckel sterben musste.“

„Ich vertraue ihnen voll und ganz.“, erklärte Frau Szabinski, „Sie sind der einzige, der mir jetzt noch helfen kann.“

„Was ist mit ihrem Mann? Wo ist der denn, wenn ich fragen darf?“

„Der hält mich auch für eine Mörderin.“, antwortete Szabinski, „Er hat gesagt, dass er nie an meine hellseherischen Fähigkeiten geglaubt hat. Er hat seinen Koffer gepackt und ist weggegangen- er ist jetzt in einem Hotel."

„Er denkt wirklich, dass Sie die Mörderin sind?"

„Nun ja, er ist sich unsicher.", meinte Frau Szabinski, „Wir haben vorhin telefoniert, und er sagte, dass er nur etwas Zeit bräuchte zum Nachdenken. Und dann würde er auch wieder zurückkehren."

Da schluchzte Frau Szabinski wieder, und Konrad reichte ihr ein baumwollweißes Taschentuch.

Sie schnäuzte und wischte ihre Tränen weg: „Konrad, nur Sie können diesen Fall lösen und den wahren Täter finden. Das weiß ich ohne Zweifel."

„Bleiben sie nur tapfer.", tröstete Konrad die traurige Dame, „Ich werde jetzt einmal versuchen in die Nachbarwohnung reinzuschauen, um Informationen zu erlangen. Und: kein Wort mehr zu der Polizei. Jedes Wort kann nämlich gegen Sie verwendet werden."

8

Die Tür von Sören Eckels Wohnung stand offen, sodass Konrad hineinspähen konnte.

Er konnte Sörens Leiche, in der Mitte des Raumes und von einem Tuch verdeckt, erkennen.

Noch immer lief Musik.

Es handelte sich dabei um ein Stück klassischer Musik, das sehr beruhigend wirken könnte, würde dort nicht eine Leiche am Boden liegen.

„Wie geht denn dieser Krach hier aus?", hörte Konrad den Polizeichef rufen.

„Zieh einfach den Stecker.", antwortete sein Assistent Herr Bert.

„Du bist mein Assistent, also mach du das gefälligst."

„Ja, Chef.", antwortete der Assistent mit genervter Freundlichkeit, folgte aber der Anweisung.

Die Musik verschwand, und noch waren die beiden Ermittler mit Beobachtungen des Raumes beschäftigt.

Noch hatten sie Konrad nicht wahrgenommen, da sie ihm den Rücken zugewandt hatten.

Leise trat Konrad also an den Tatort heran.

Die Leiche lag dort auf dem Rücken, die Arme leicht ausgestreckt, die Beine fast gerade zusammen.

Wenn nur das Tuch nicht wäre, dann könnte Konrad vielleicht mehr erkennen.

Denn leider verdeckte es Sörens Kopf und den Großteil seines Körpers.

Nur seine Füße in den Hausschuhen, sowie seine Arme, traten über das Tuch heraus.

Konrad trat noch etwas näher heran, auch wenn er ahnte, dass er keine Befugnis dazu hatte.

Über Sören Eckels Leiche gebeugt näherte sich Konrads Hand dem Tuch.

„Ich muss nur einen kurzen Blick auf ihn werfen.", dachte Konrad, „Da lässt sich oft schon viel erkennen."

„Finger weg!", hallte es ihm plötzlich entgegen.

Es war die wutentbrannte Stimme des genervten Chefermittlers.

Konrad zuckte vor Schreck zurück.

„Sie haben hier nichts verloren, Konrad Konradson! Wenn die alte Frau einen Idioten als Anwalt haben will, nur zu. Aber Sie bleiben schön vom Tatort weg!"

„Aber ich bin doch Detektiv und ich möchte doch nur helfen.", gab Konrad kleinlaut von sich.

„Ein ganz schlechter Detektiv sind Sie. Der schlechteste den ich kenne, und mir ist schon so mancher Privatermittler über den Weg gelaufen.", meinte Herr Gottnochamal.

„Sie sind nicht sehr freundlich.", entgegnete Konrad, „Ich mag kein guter Detektiv sein, aber dafür bin ich ein guter Mensch."

„Ein guter Mensch also?", fragte Herr Gottnochamal, „Ein guter Mensch schleicht doch nicht einfach an einem Tatort herum und mischt sich in die Ermittlungsarbeit der Polizei ein, verdammt!"

„Meine Mutter hat mir bescheinigt ein guter
Mensch zu sein!", sagte Konrad mit neu
gewonnener Stärke, „Wenn Sie es mir nicht
glauben, dann fragen Sie also einfach meine
Mutter!"

„Nun gut.", sagte der genervte Chefermittler,
„Dann sind Sie eben ein guter Mensch. Was haben
wir jetzt davon? Was soll einem denn das bitte
bringen?"

„Es bringt einem, dass man ein guter Mensch ist.",
antwortete Konrad.

„Ja, aber was hat man dann davon?", fragte der
Chefermittler weiter.

„Man ist dann ein guter Mensch.", sagte Konrad.

„Aber das macht Sie noch lange nicht zu einem
geeigneten Privatermittler! Konrad Konnie
Konradson, Sie sind der schlechteste Detektiv, der
mir jemals -in meiner gesamten beruflichen und
persönlichen Laufbahn- über den Weg gelaufen ist.
Ich habe keine Hoffnung mehr, was Sie angeht. Sie
sind so dumm, dass nicht einmal ein Roboter Sie
ersetzten kann, denn keine Maschine der Welt ist
so verblödet, wie Sie es sind. Ein kaputter
Staubsauger mit Wackelkontakt hat noch mehr

Potential als Sie. Also führen Sie sich nicht auf, als wären Sie Sherlock Holmes oder James Bond, wenn Sie nicht einmal das siebte Rad am Wagen sind. Tun Sie also der Welt einen Gefallen, und machen Sie so wenig wie nur möglich, dann begrenzen Sie wenigstens ihren schädlichen Einfluss auf diese Welt, denn keiner braucht jemanden, der zu nichts zu gebrauchen ist. Wenn Sie den Mund aufmachen, dann sinkt der IQ des gesamten Raums. Ein brennender Müllbeutel ist nützlicher, als der beste Gedanke, der jemals durch Ihr Gehirn geflogen ist. Halten Sie sich einfach aus unseren Ermittlungen raus!"

„Ich helfe, wo ich kann.", sagte Konrad.

„Nein.", sagte der Chefermittler, „Das tun sie nicht. Sie haben noch nie jemandem geholfen."

„Manchmal helfe ich Mutter im Garten.", meinte Konrad, und der Chefermittler war auf einmal sprachlos.

Beide hatten aus diesem Gespräch nichts gewonnen.

Beide waren sie sogar ein wenig dümmer aus dem Gespräch wieder herausgekommen.

Der Assistent des Chefermittlers beobachtete die Unterhaltung mit versteinerter, ernster Miene.

Für so etwas war er kein Polizist geworden, dem war er sich gewiss.

Konrad stand zwischen begründeter Sorge und unbegründeter Hoffnung.

Seine Stimme war leicht zittrig, wie es auch seine Hände waren, aber trotzdem, oder gerade deswegen, nahm er all seinen Mut zusammen.

Und dann begann er eine kleine Rede:

„Ich bin vielleicht kein Genie. Vielleicht bin ich nicht einmal ein guter Detektiv. Aber ich bin ein Mensch mit Herz. Einer von vielen oder wenigen. Jedenfalls ein Mensch, der eigentlich niemand anderem irgendetwas Böses will. Ich will doch nur etwas Harmonie. Etwas Harmonie zurückbringen in diese Kakophonie des langsam absterbenden Lebens. Ist das denn zu viel verlangt? Ist es zu viel verlangt, wenn man einfach etwas Ordnung möchte? Das ist doch eigentlich eine Selbstverständlichkeit. Das jedenfalls sollte es sein. Eine Selbstverständlichkeit. Nicht mehr, aber eben auch nicht weniger. Es ist doch nichts dabei, wenn man einfach nur das geben möchte, was man eben geben kann. Nicht anderes versuche ich doch. Beruf und Leben ist mir ein und dasselbe. Ich bin nun einmal Konrad Konradson. Die Verbrecher dieser Welt haben vielleicht keine Angst vor mir. Aber etwas Respekt- das sollten sie dann doch schon vor mir haben. Denn ich gebe nicht klein bei. Und vor allem gebe ich nicht auf. Das überlasse ich dann schon der Polizei. Das Aufgeben. Ihr lasst die Fälle ja oft genug ungelöst. Aber nein, das wird es mit mir nicht geben. Ich gebe erst auf, wenn ich tot bin. Und wenn es sein muss, sein darf, dann kehre ich selbst dann in Form eines Gespenstes zurück und ermittle eben weiter. Das ist mein Auftrag. Ich bin vielleicht nicht wirklich gut darin, aber ich muss es eben machen. Es ist mir ein Schicksal geworden. Das ist viel mehr wert, als eine Leidenschaft. Es ist mein Schicksal, ein Detektiv zu sein. Nun mag die ganze Welt mich dafür verlachen. Für mich spielt das aber schon lange keine Rolle mehr. Denn ich selber weiß nämlich, was ich bin. Und das ist viel wert. Das ist mehr wert, als jedes fremde Wort. Ich weiß, wer ich bin. Ich weiß, dass ich einen Auftrag habe. Ich bin getrieben von dem unbändigen Willen, für ein wenig mehr Gerechtigkeit hier auf Erden zu sorgen. Wenn das schon nicht von Anwälten und Polizisten erledigt werden kann, dann mache ich

das eben. Wenn das schon nicht von Politikern
und Unternehmern gemacht werden will, dann
mach ich das eben. Wenn es keinem Journalisten
gelingen mag, dann stehe ich eben bereit, ich,
Konrad Konradson. Mir doch egal, ob die Welt
mich dafür verspottet. Mir doch egal, was all die
anderen Menschen und Gestalten da über mich
denken wollen und sollen. Ich bin Konrad Konnie
Konradson. Geborener Privatdetektiv!"

„Na gut.", sagte Chefermittler Herr Gottnochamal,
„Dann helfen Sie eben ein bisschen mit. Aber ein
einziges Fehlverhalten und Sie sind wieder raus!"

Konrad war wie vom Blitz getroffen.

Er konnte sein plötzliches Glück kaum fassen:
„Vielen Dank für ihr Vertrauen in mich, ich werde
Sie nicht enttäuschen!", versprach er dem
genervten Polizeichef.

Der verdrehte nur die Augen.

Herr Bert stand fassungslos daneben, und fragte
sich, warum sein Chef diesen Stümper von einem
Detektiv mitarbeiten ließ.

„Dann lüften Sie mal das Tuch", sagte Gottnochamal, „Erklären Sie uns, wie Sören Eckel gestorben ist."

Konrad schlich mehrfach um den Leichnam umher.

Er hatte den Schleier gehoben und betrachtete den nackten, kalten Mann, dessen Gesicht so ausdruckslos war, wie es beinahe schon zu Lebzeiten gewesen war.

Die Polizisten hatten selbstverständlich nichts finden können, lag der tote Eckel dort doch scheinbar in makelloser Todesruhe.

Konradson aber gab sich nicht zufrieden: „Darf ich die Leiche einmal umdrehen?"

Herr Gottnochamal und Herr Bert blickten einander für einen Moment ratlos an, bevor der Chefermittler Konrad zunickte: „Aber fassen sie ihn nicht direkt mit ihren Händen an, hier nehmen sie meine Handschuhe."

Konrad nahm die Handschuhe entgegen, zog sie an, und drehte den schweren Körper von Sören, bis dieser auf dem Bauch lag.

„Na also.", sagte Konrad und schlich wieder um die Leiche herum, „Meine Herren, sehen sie hier unten, an der Wade des Mannes, zwei Punkte, eine klare Bissstelle, ich vermute einen tödlichen Schlangenbiss."

Der Chefermittler glaubte keines von Konrads Worten, bis er sich selbst ein Bild dieser Spur machte.

„Tatsächlich.", sagte Gottnochamal, „Sehr gute Augen, Konrad. Sehr gute Augen haben Sie."

Herr Bert konnte nicht fassen, dass Konrad einmal etwas Hilfreiches zur Aufklärung des Verbrechens beigesteuert hatte: „Es sieht tatsächlich aus, wie eine Bisswunde."

„Meine Herren, ich will Sie beide nicht beunruhigen.", flüsterte Konrad, „Aber ich gehe davon aus, dass sich diese todbringende Schlange noch immer in diesem Raum befindet."

9

Die Männer wurden von Panik erfasst, blickten
sich in alle Richtungen um, und bald darauf
Rücken an Rücken an Rücken.

So konnte jeder von ihnen einen Teil des Raumes
beobachten.

„Konrad, Sie müssen jetzt stillhalten und tapfer
sein.", sagte Herr Bert, „Bleiben sie einfach in
unserer Nähe."

„Verstanden.", erklärte Konrad und war vom
kollegialen Ton von Herrn Bert überrascht.

Vielleicht konnten die Polizisten ihn ja doch leiden,
und gaben es nur einfach nicht gerne zu.

Dann sah Konrad die Schlange.

Sie zischte und kroch am Surround Sound System
entlang.

Herr Gottnochamal zog nach seiner Waffe und
zielte auf das Tier.

„Nein!", schrie Konrad, „Nicht schießen, sie ist
doch ein Zeuge!"

„Ich werde die Schlange jetzt erschießen, und damit hat sich das.", erklärte Gottnochamal.

„Auf gar keinen Fall!", schrie Konrad und stellte sich auf einmal dem Chefermittler in den Weg.

„Was zum Teufel machen Sie da?", wütete Gottnochamal, „Sie bringen uns alle hier in Gefahr!"

„Fangen Sie die Schlange ein.", sagte Konrad, „Aber wenn Sie die Schlange töten wollen, dann müssen Sie erst einmal mich töten."

Für einen Moment sah es so aus, als ob Herr Gottnochamal wirklich darüber nachdachte.

Dies machte auch Konrad nervös, als er den Gedankengang im Gesicht des Chefermittlers lesen konnte.

„Nun gut.", sagte dieser dann schließlich, „Herr Bert, fangen Sie das miese Tier. Lebendig."

Konrad schluckte leer vor Erleichterung, Herr Bert schluckte leer vor Panik.

„Bert, Sie müssen keine Angst haben.", meinte Konrad, „Die Schlange hat ihr Gift ja schon verbraucht."

„Biologe sind Sie also auch noch?", meinte Gottnochamal.

„Kein studierter.", erklärte Konrad, „Ist aber ein schönes Hobby."

Herr Bert war der einzige der drei Männer, der darüber nicht schmunzeln konnte.

„Wenn sie die Schlange dann gefangen haben, nehmen sie noch alle CDs aus Eckels Sammlung mit.", sagte Gottnochamal zu Herrn Bert, „Sie werden die gesamte Musik durchhören, ob da vielleicht irgendetwas Merkwürdiges dabei ist."

„Ihr Nachbar hatte also nie eine Schlange als Haustier besessen?", fragte Gottnochamal.

„Nicht, dass ich wüsste.", antwortete Frau Szabinski.

„Und Sie selbst haben auch keine exotischen Haustiere?"

„Aber nein.", sagte Szabinski, „Ich habe nicht einmal normale Haustiere. Vom Vermieter her ist es uns nicht einmal gestattet. Wir hatten uns nämlich einmal überlegt, ob wir uns nicht zwei Wellensittiche anschaffen sollten, oder vielleicht eine Katze, also eines von beiden, nicht beides auf einmal. Diese Pläne hatte der Vermieter aber direkt blockiert. Ich hätte sehr gerne ein Haustier, aber wir dürfen es einfach nicht. Und finden Sie mal eine neue Wohnung, die so preiswert ist wie diese! Ich werde wohl kaum umziehen, nur um mir ein Haustier anschaffen zu können. Zu dürfen. Wir hatten den Vermieter dann auch gefragt, ob wir uns nicht vielleicht ein Aquarium holen dürfen, mit ein paar schönen Fischen drin, aber selbst das wollte unser Vermieter uns nicht erlauben. Also, wenn Sie mich fragen, ist der Vermieter ein merkwürdiger Kerl. Er scheint Tiere nicht ausstehen zu können. Also kurz gesagt: Nein, wir haben keine Haustiere."

„Aha.", sagte Gottnochamal und schüttelte langsam und genervt seinen müden Kopf, „Danke für die Information."

Die Schlange war inzwischen in einer kleinen Plastikbox, die Herr Gottnochamal von Frau Szabinski ausgeliehen hatte.

Herr Bert hatte die Schlange mit zwei schnellen, geschickten Griffen gefangen, und sie danach problemlos in die Box legen können.

Er hatte sich seinen Feierabend redlich verdient.

Um sich zu beruhigen, trank er etwas Bier in einer Spelunke, in der sich immer schon Polizisten herumtrieben.

Er fragte sich, ob er nicht doch lieber einen anderen Beruf hätte wählen sollen.

Einen anderen.

Egal welchen.

Irgendeinen anderen.

Dann bestellte er noch ein Bier, war müde und
ging nach Hause.

Am nächsten Tag würde er selbstverständlich
wieder bei der Arbeit erscheinen.

Herr Gottnochamal brauchte schließlich einen
fähigen Assistenten.

11

In der örtlichen Polizeizentrale lagen immerzu
Kaffeegeruch und Bürostimmung in der Luft.

„Die Schlange ist untersucht. Sie ist tatsächlich
giftig. *Laticauda colubrina*, falls euch das was sagt.
Und das alles passt zu den Einstichstellen bei
Sören Eckel. Es passt alles. Er wurde vergiftet, wie
Kleopatra.", erklärte Gottnochamal am nächsten
Tag.

„Hat Kleopatra sich nicht selbst umgebracht?",
fragte Konrad.

„Das tut doch jetzt nichts zur Sache, oder?",
meinte Gottnochamal, „Was zählt ist, dass die
Schlange Sören getötet hat."

„Aber wo kam die Schlange her?", fragte Konrad.

„Das müssen wir jetzt herausfinden.", erklärte der
Chefermittler, „Wir wollten uns noch einmal bei
Ihnen bedanken. Gestern haben Sie uns wirklich
weitergeholfen, Konrad."

„Manch einer würde sogar sagen, ich hätte Ihnen
das Leben gerettet.", sagte Konrad und lächelte.

„Nun wollen wir es auch nicht übertreiben.“,
meinte Gottnochamal mit ernster Miene.

Herr Bert übergab Konrad dann noch zum Dank
einen Kaktus, den Konrad dankend in den Armen
wog.

„Also, wie geht es jetzt weiter?“, fragte Konrad,
„Wie finden wir den Ursprung der Schlange?“

„Das lassen Sie mal unsere Angelegenheit sein,
Konrad. Sie spielen jetzt nicht mehr Detektiv, sie
wollen ihren Erfolg doch nicht gleich wieder
ruinieren, oder?“

„Natürlich will ich das nicht.“, antwortete Konrad
dann erschrocken, „Aber ich will weiter ermitteln.
Mit euch.“

Herr Gottnochamal und Herr Bert blickten ihn
ratlos an.

„Konrad, ich hätte da ein Haustier für Sie.“, meinte
Gottnochamal schließlich, „Wie wäre es, wenn Sie
die Schlange mitnehmen und sich um sie
kümmern? Dann haben Sie auch etwas zu tun, und
können sich ganz der Lebensweise exotischer Tiere
widmen. Dann können Sie das Detektivspielen
hinter sich lassen.“

„Ist sie nicht hochgiftig?", fragte Konrad.

„Natürlich ist sie das.", sagte der Chefermittler, „Deshalb will sie ja auch kein Tierheim aufnehmen. Die nehmen nur Hunde und Katzen und Vögel und Hasen und Meerschweinchen. Reptilien haben da einen schweren Stand. Giftige sowieso."

„Und jetzt soll ich mich um sie kümmern?", fragte Konrad.

„Wäre das nicht ein schönes Hobby?", fragte Gottnochamal und versuchte sein breites Grinsen zu verstecken.

„Ich weiß nicht so recht.", sagte Konrad, „Muss man so ein Ding auch füttern?"

Herr Bert unterbrach die beiden Herren: „Ich werde die Schlange nehmen! Ich habe sie ja schließlich auch gefangen. Es ist ja unglaublich, welche Unkenntnis hier vorzuherrschen scheint. Ob man eine Schlange füttern muss? Was ist das denn für eine Frage?"

Herr Bert schüttelte den Kopf, Konrad blickte fragend nach oben, Herr Gottnochamal betrübt zu Boden.

Dann ging Herr Bert und holte die Schlange aus der Toxikologie.

Es traf sich gut, dass er bereits Mäuse als Haustiere hielt.

„Darf ich jetzt mit ermitteln?", fragte Konrad den Chefermittler.

„Sie haben uns doch schon genug geholfen, Konrad.", sagte Gottnochamal so freundlich er konnte, „Sie sind doch kein Detektiv."

„Was bin ich denn dann?", fragte Konrad.

„Ein Hochstapler, wenn überhaupt. Zum Hochstapeln fehlt Ihnen wohl immer noch die nötige Intelligenz."

„Ich habe nie über Sie geurteilt, und Sie urteilen über mich.", schnaubte Konrad, „Immerhin habe ich diese Schlange gefunden, diese *Beissus zahnus*."

„*Laticauda colubrina*.", korrigierte ihn der Chefermittler, „Ja, mit der Schlange hatten Sie eben Glück, und wir haben uns ja auch schon bei ihnen bedankt."

Er wies auf den Kaktus in Konrads Händen.

Eine Mischung aus Schmerz und Zorn zierte nun
Konrads Gesicht, als er sich wortlos abwendete
und zu seinem Auto ging.

12

Auf eigene Faust suchte Konrad noch einmal Frau Szabinski auf.

„Glauben Sie, dass ich verhaftet werde?", fragte sie den Detektiv.

„Das kann ich jetzt noch nicht beurteilen.", meinte Konrad, „Wir wissen eben nicht, wer Sören diese Schlange untergejubelt haben könnte."

„Ich war es wirklich nicht.", sagte Szabinski.

Ihr Gatte schlief schon wieder auf dem Sessel, als ginge ihn das tragische Schauspiel dieser Realität so gar nichts an.

„Ist er also wieder zurückgekehrt?", fragte Konrad.

„Ja.", nickte Frau Szabinski, „Er ist jetzt wieder von meiner Unschuld überzeugt."

„Warum schläft der eigentlich die ganze Zeit?", wollte Konrad dann wissen.

„Er ist eben müde vom Leben, mein Mann.", sagte Frau Szabinski, „Sollen wir ihn wecken?"

„Vielleicht wäre das eine ganz gute Idee.“, meinte Konrad.

Frau Szabinski stieß ihre Gatten gegen den Kopf.

Es dauerte eine Weile, und ein paar sanfte Schläge, ehe er endlich aus seinen Träumen erwachte.

„Was ist denn los?“, fragte er.

„Vielleicht werde ich verhaftet.“, sagte Frau Szabinski zu ihrem Gatten.

„Aber nein, du hast ja nichts mit dem Mord zu tun.“, sagte der alte Mann, „Aber ist es nicht schön, wie leise es jetzt ist? Keine nervende Musik mehr.“

„Keine nervende Musik mehr.“, wiederholte Frau Szabinski.

„Keine nervende Musik mehr?“, fragte Konrad, „Ihr Nachbar ist tot und alles was ihnen durch den Kopf geht ist die Stille?“

„Helga, wer ist dieser Kerl da überhaupt?“, fragte Herr Szabinski jetzt seine Frau, „Ist er ein Polizist?“

„So ungefähr, Martin.", sagte Frau Szabinski zu
ihrem Mann.

„Martin, darf ich ihnen ein paar Fragen stellen?",
bat Konrad, „Sie halten sich doch meistens hier in
der Wohnung auf?"

„Eigentlich schon.", sagte Herr Szabinski, „Aber
die meiste Zeit schlafe ich, oder versuche zu
schlafen. Es fiel mir schwer, als der Nachbar noch
seinen Krach da immer laufen ließ und uns
darunter leiden ließ. Ich bin doch jetzt wirklich in
einem Alter, in dem ich ein wenig Ruhe verdient
habe, oder?"

„Ja, bestimmt.", sagte Konrad, „Aber merken Sie
beide denn gar nicht, wie verdächtig Sie sich
verhalten?"

„Was meinst du denn damit?", fragte Martin
Szabinski etwas erbost.

„Nun, Sie sind froh, dass ihr Nachbar keine Musik
mehr hören kann, und ihre Frau hat Sören Eckels
Tod auch noch prophezeit! Meine Kollegen bei der
Polizei werden da sehr misstrauisch werden. Und,
wenn ich ehrlich sein darf, dann muss ich sagen,
dass ich inzwischen auch anfange zu zweifeln."

„An unserer Unschuld?", schluchzte Frau Szabinski, „Aber Konrad, Sie müssen doch auf unserer Seite stehen. Wenigstens Sie. Wir haben ja sonst niemanden, der uns glaubt, der auf unserer Seite steht."

„Ich werde ihnen jetzt eine Frage stellen, die sie mir dann bitte ehrlich beantworten möchten.", sagte Konrad, „Ich bin dann doch eher davon überzeugt, dass sie beiden keine Mörder sind, ich kann es mir einfach nicht vorstellen und es täte mir Leid, wenn Sie hinter Gitter kämen, nur weil Sie nicht imstande sind sich unauffällig zu benehmen. Nur, weil Sie beide praktisch jeden Fehler begehen, den ein Unschuldiger nur begehen kann, um schuldig zu wirken. Daher nun meine Frage, und ich hoffe, ich hoffe wirklich, dass sie beide diese Frage mit nein beantworten werden: Haben sie einen Schlüssel für Sören Eckels Wohnung?"

Das alte Ehepaar zögerte mit dem Antworten ein paar Momente zu lang, sodass sich die Frage schnell erübrigte.

Ohne eine ausgesprochene Antwort dann noch abwarten zu wollen, fragte Konrad Konradson dann: „Warum zum Geier haben sie einen Schlüssel für die die Wohnung ihres Nachbarn?"

„Na, für Notfälle.", antwortete Frau Szabinski, „Wofür denn sonst?"

„Er hat ja auch unseren Schlüssel.", meinte Herr Szabinski, „Also hatte, er ist ja schon tot. Bevor er anfing so laut Musik zu hören, da hatten wir uns gut mit ihm verstanden. Unter Nachbarn ist es doch üblich, sich gegenseitig die Wohnungstürschlüssel zu geben."

„Ist es das? Nun gut, nun gut.", sagte Konrad, „Das dürfen die Polizisten niemals erfahren. Geben sie mir den Schlüssle und ich werde ihn verschwinden lassen!"

„Ich dachte, sie wären von der Polizei?", sagte Martin Szabinski.

„Nein, nein, er ist Detektiv.", erklärte ihm dann seine Frau.

„Geben sie mir jetzt schnell Sören Eckels Wohnungsschlüssel.", meinte Konrad, „Sie haben den niemals besessen, ist das klar? Sollte also einmal eine Wohnungsdurchsuchung bei Ihnen stattfinden, dann haben Sie nichts zu befürchten. Sollte die Polizei wiederum in Eckels Wohnung auf Ihren Schlüssel stoßen, so will ich ihnen raten, so unwissend und ahnungslos zu erscheinen, wie nur möglich. Ich kann nämlich nicht auch noch in Eckels Wohnung rein, um Ihren Schlüssel zu finden. Die Wohnungstüre ist ja von der Polizei versiegelt worden."

Das verdächtige, aber vermutlich unschuldige, Ehepaar nickte langsam und suchte dann, in einer Schublade der Kommode, nach Eckels Schlüssel.

13

Am nächsten Tag hatte Herr Bert eine
außergewöhnliche Geschichte zu erzählen.

Er hatte sich an seinen Chef gewandt und ihm
gesagt: „Etwas Unglaubliches ist geschehen. Ich
solle mir doch die Musik von Eckel anhören, und
das habe ich dann auch gemacht. Er hatte einen
guten Musikgeschmack, also einen sehr
breitgefächerten, der vor keinen Genregrenzen
Halt machte."

„Ist das alles, was sie herausgefunden haben?",
fragte Gottnochamal genervt.

„Ich habe also alle CDs durchgehört, und es war
gute Musik, aber eben nichts auffälliges dabei.",
erklärte Bert, „Bis ich jene CD abspielte, die auch
in Eckels Soundsystem noch eingelegt gewesen
war. Sprich: die CD, die er hörte, als er starb."

„Ja, und was ist denn dann passiert?", drängte der
Chefermittler genervt.

„Ich habe doch jetzt die Schlange bei mir zu
Hause.", sagte Herr Bert zu seinem Chef, „Wann
immer sie Klaviersonate 12 von Beethoven hört
flippt sie aus! Das war die CD, die zu Eckels

Todeszeitpunkt in seinem Soundsystem eingelegt war."

„Was soll das denn bedeuten?", fragte Gottnochamal.

Herr Bert erklärte: „Die Schlange beißt nicht einfach ohne Grund. Sie wurde trainiert. Man hat sie mit Klaviersonate 12 beschallt, und sie dabei aggressiv gemacht. Man hat sie dann angegriffen, und die Schlange hat dieses Verhaltensmuster dann gelernt. Anders kann ich mir ihr Verhalten nicht erklären. Wann immer sie Klaviersonate 12 hört, wird sie sehr angriffslustig. Dann beißt sie eben auch mal zu. Es ist wie der Pawlowsche Hund, nur eben mit einer Schlange, und dass sie eben nicht zu sabbern anfängt, sondern zu beißen. Klassische Konditionierung mit klassischer Musik."

„Ich dachte, Schlangen haben keine Ohren?", fragte Gottnochamal.

„Hören können sie wohl doch. Ich bin auch kein Biologe, fragen sie mich also nicht nach solcherlei Dingen. Die Natur ist mir fremd."

„Aber, wenn die Schlange darauf trainiert wurde, dann muss der Mörder, der die Schlange morden ließ, genauestens über den Musikgeschmack von Sören Eckel informiert gewesen sein."

„Das glaube ich inzwischen auch.", sagte Herr Bert, „Oder er hat die besagte CD von seinem Mörder erhalten, als *Geschenk.*

„Also spricht doch wieder alles dafür, dass es seine Nachbarin war, die seinen Tod ja auch prophezeit hat."

„Frau Szabinski."

„Ja, genau.", antwortete der Chefermittler, „Sie kannte die Musik genau, die Sören Eckel hörte. Außerdem war sie von der Dauerbeschallung genervt. Vielleicht hat sie sich deswegen also doch diese Schlange zugelegt und ihr das gezielte Töten beigebracht. Wir nehmen sie und ihren Mann fest und befragen beide getrennt. Vielleicht stolpern sie ja über ein paar Falschaussagen. Woher sollte Frau Szabinski denn überhaupt geahnt haben, dass ihr Nachbar bald sterben würde?"

„Vielleicht hat sie wirklich den siebten Sinn?"

„Entweder das, oder wir haben es mit einer eiskalten Mörderin zu tun.", sagte Gottnochamal,

„Reicht das was wir haben, um Szabinski in Untersuchungshaft zu bringen?"

„Wir haben eine Schlange, die bei Beethovens 12. Klaviersonate aggressiv wird, und wir haben die Prophezeiung einer alten Frau.", meinte Herr Bert.

„Ist die Prophezeiung nicht an sich schon Täterwissen?", fragte Gottnochamal.

„Es könnte ja eben auch ein Zufall gewesen sein.", antwortete Bert, „Für Untersuchungshaft brauchen wir vermutlich mehr als das."

„Dann bitten wir Szabinski eben hierher in die Zentrale und sagen ihr, dass wir noch ein paar Fragen zu klären hätten. Wir nennen es einfach Zeugenbefragung."

„Ja gut.", sagte Bert, „Was ist mit ihrem Mann?"

„Der schläft doch nur die ganze Zeit, oder?", meinte der Chefermittler, „In Ordnung, der soll auch hierher kommen. Dann können wir ganz in Ruhe unsere Fragen stellen."

„Geht klar, ich ruf gleich an.", sagte Bert, „Und dann muss ich schnell nach Hause und die

Schlange füttern. Sie ist sehr hungrig, denn so ein Biss ohne Beute macht ja auch nicht satt."

14

Konrad hatte den Schlüssel, den Eckel einst den Szabinskis gegeben hatte, eingeschmolzen und daraus eine kleine Metallkugel gegossen.

Nun war der Schlüssel kein Beweisstück mehr, sondern ein kleines Kunstwerk, ein Schmuckstück ohne jeden Nutzen.

Konrad war sich immer noch nicht hundertprozentig der Unschuld des Ehepaares Szabinski gewiss.

Dennoch wollte er Zeit gewinnen, um deren Unschuld beweisen zu können.

Sein Plan war so einfach gestrickt, wie Konrad es selbst war:

Er wollte den echten Mörder Eckels finden und damit die Unschuld von Frau und Herr Szabinski belegen.

Vor allem wollte Konrad ein Rätsel lösen, ein Rätsel, das nicht nur auf irgendeinem Papier stand, sondern im echten Leben atmete, und wahre Konsequenzen mit sich zog, sollte es denn einmal gelöst werden.

Ein guter Detektiv zeichnete sich vor allem dadurch aus, dass er nicht voreilig urteilte, sondern sich alle Optionen bei er Wahrheitsfindung offen ließ.

Es galt die Wahrheit über die eigene Empfindung zu stellen, die Logik über die eigene Moral.

Kalt musste die Sicht auf die Welt sein, geschult der Blick, kühl die Gedanken und trotzdem empathisch das Herz.

Als Detektiv musste man die Menschen wirklich verstehen, noch aber ohne sie zu hassen.

Dies war die schwierige Aufgabe, die im Hintergrund vonstattenging.

Davon aber bekamen der äußere Beobachter, und zumeist auch der Detektiv, nichts mit.

Jedenfalls nicht in bewusster Weise, denn jene Berührung zu allem Menschlichen verlief unbewusst.

Ansonsten war ein jeder Detektiv ein Stück weit auch ein Außenseiter.

Er war niemals ganz Teil der Gesellschaft, wie sehr er sich auch anzustrengen pflegte.

Man war immer ein wenig der Stachel im Fleisch der Masse, man war immer der Merkwürdige, der Seltsame, derjenige, der nicht dazu passte.

Dies galt für alle Detektive, für Konrad eben in besonderem Maße.

Vielleicht war Konrad nicht der beste Detektiv, vielleicht dachte er zu langsam oder zu seltsam, aber er war trotz allem ein Detektiv durch und durch, weil er neugierig war, und weil ihn nichts aufhalten konnte bei seiner Suche nach der Wahrheit.

15

Wieder war ein Tag vergangen.

Herr Bert hatte oft versucht anzurufen, aber bei Szabinskis ging niemand ans Telefon.

Daher sah er es als seine Pflicht an, mit dem Auto kurz bei dem alten Ehepaar vorbeizufahren, und um einen Termin zur ausführlichen Zeugenbefragung zu bitten.

Seine Gedanken kreisten während der Autofahrt um eine Schlange, die im Dunkeln verschwand.

Bert war ein wenig übermüdet und so waren seine Gedanken von Visionen geprägt, wie es nur selten bei ihm der Fall war.

Vor seinem geistigen Auge tauchte dann ein Schlangenei auf, und daraus kam aber keine Schlange hervor, sondern ein kleiner, glänzender Schlüssel.

Er interpretierte dieses Bild als Antwort auf seine Fragen, als des Rätsels Lösung, welche irgendwo verborgen liegen musste.

Dann riss er seine Augen auf, um sich besser auf den Straßenverkehr konzentrieren zu können.

Jegliche Vision war dann wieder vergessen.

Je näher Herr Bert dem Hochhaus kam, umso unruhiger wurde er.

Ein Rauchschwaden am Horizont packte seine ganze Aufmerksamkeit, und er bekam es mit der Angst zu tun.

Je näher er dem Hochhaus kam, umso größer wurde auch der Rauchschwaden.

Als Herr Bert dann endlich nah genug am Hochhaus war, konnte er erkennen, dass jener unheimliche Nebel aus dem siebten Stock herauszog.

Eben genau aus jener Etage, in welcher die Eheleute Szabinski lebten.

In jener Etage, in welcher Sören Eckel verstorben war.

Dann hörte Herr Bert auch schon die Sirenen, die Feuerwehrautos, die endlich anrückten.

Vor dem Hochhaus standen bereits einige Menschen, teils Schaulustige, teils Bewohner, die wegen des Feueralarms das Gebäude verlassen hatten.

Bert stieg so schnell er konnte aus dem Auto aus, rannte zum Hochhaus, und noch bevor die Feuerwehr da war, rannte er die Treppen nach oben, dem Rauch entgegen.

Er wusste, dass er den Aufzug nicht nehmen durfte.

Endlich in Etage Sieben angekommen, hustete Herr Bert ohne Ende, und war von dicken Rauchwolken umgeben, die ihren Ursprung in der Wohnung von Szabinskis hatten.

Die Luft stank und die Hitze schlug ihm entgegen.

Mehrfach trat er gegen Szabinskis Tür, bis diese endlich nachgab.

Es gelang Herr Bert nur, einen schnellen Blick in die Wohnung zu werfen, er konnte sie aber nicht betreten.

Dafür waren die Flammen einfach zu dicht.

Er wollte die Szabinskis retten, deshalb war er hoch gerannt.

Jetzt aber, da er hier oben war, erkannte er, dass er niemanden retten konnte.

Ob er schon eine Rauchvergiftung hatte, fragte er
sich.

Dann wurde Herr Bert gepackt und nach unten
gebracht- endlich waren die Feuerwehrmänner
eingetroffen.

Er bekam es schon gar nicht mehr alles mit, hatte
der Rauch ihm doch schon ein wenig den Verstand
vernebelt.

Schließlich aber war er unten an der frischen Luft,
wurde zu einem Krankenwagen gebracht,
protestiere aber, dass es ihm gut ginge.

Dann hielt er Ausschau nach den Eheleuten
Szabinski.

Nach allem was er gesehen hatte, musste er davon
ausgehen, dass sie die Flammen nicht überlebt
hatten.

„Was ist denn da oben passiert?", fragte ihn eine
Stimme.

Herr Bert drehte sich um, und konnte seinen
Augen kaum trauen.

Da stand Herr Szabinski mit einer Einkaufstüte in
der Hand, und blickte hoch in die siebte Etage.

„Herr Szabinski, Sie leben?", fragte Herr Bert und spürte wie es ihm wieder schwerer fiel zu atmen.

„Natürlich lebe ich, ich war ja einkaufen."

„Und wo ist ihre Frau?", fragte Herr Bert mit weit geöffneten Augen.

„Helga muss da oben sein.", sagte Herr Bert, „Sie ist ja zu Hause geblieben."

In dem Moment begann die Feuerwehr endlich die Flammen in der siebten Etage zu löschen.

Gleichzeitig kamen zur Haustüre zwei Feuerwehrmänner heraus, und hielten eine verdeckte Trage.

Herr Bert war sich sicher, dass darunter Frau Szabinski liegen musste.

Leider musste er davon ausgehen, dass sie nicht mehr am Leben war.

16

Frau Szabinskis Leiche wurde zur Obduktion gebracht.

Auch die Wohnung wurde von der Polizei in den nächsten Tagen ausgiebig untersucht, und war jetzt fürs erste unbewohnbar, sodass Herr Szabinski zuerst in einem Hotel und dann in einem Seniorenheim unterkommen würde.

Das war der Stand der Dinge.

Konrad Konnie Konradson erfuhr von dem Brand aus seiner Tageszeitung, und machte sich sofort zum Polizeipräsidium auf.

Er wollte genau wissen, was passiert war, und konnte nicht fassen, dass Frau Szabinski tot war.

Ebenfalls konnte er nicht fassen, dass Herr Szabinski noch am Leben war.

„Der hat doch sonst kaum diese Wohnung verlassen.", sagte er zu Herrn Gottnochamal.

„Sie meinen also, dass er hinter allem steckt?", fragte der Polizeichef, „Erst hat er seinen Nachbar, mithilfe dieser einen Schlange da, vergiftet, und dann hat er seine Frau verbrannt?

Hat sie vielleicht festgebunden und dann ein Feuer ausgelöst- und dann ist er einkaufen gegangen, um sich ein billiges Alibi zu erhaschen und um selbst den Flammen zu entgehen?"

„So habe ich das nicht gemeint.", sagte Konrad, „Also nichts davon wollte ich andeuten, ich habe mich nur gewundert, dass er…"

„Dass er die Wohnung verlassen hat, ich weiß.", sagte der Polizeichef, „Konrad, gibt es etwas, dass Sie mir nicht erzählt haben? Etwas, das sie mir noch berichten wollten?"

Konrad blickte ihn kurz fragend an und schüttelte dann den Kopf.

„Herr Bert ist noch im Krankenhaus, wegen der Rauchvergiftung. Er hat doch tatsächlich den Helden spielen wollen.", sagte Gottnochamal, „Deshalb können Sie vorübergehend mein Assistent sein, Konrad. Nur für ein paar Tage, versteht sich."

„Ich werde Sie nicht enttäuschen!", sagte Konrad mit glückserfülltem Blick.

„Herr Martin Szabinski ist auch noch im Krankenhaus, sobald es ihm aber besser geht,

verhören wir ihn.", sagte Gottnochamal, „Ich
werde Herr Szabinski befragen und alles
herausfinden, was sich herausfinden lässt. Konrad,
Sie werden sich die Bewohner des Hochhauses mal
genauer anschauen. Ich will alles wissen, wer da
lebt und wie er so drauf ist, ob irgendjemand
irgendetwas gesehen hat. Mit diesem Hochhaus
stimmt doch irgendetwas nicht. Ich gehe natürlich
davon aus, dass das mit dem Feuer kein Zufall
war, kein Unfall."

„Nein, ich glaube auch nicht an einen Unfall.",
meinte Konrad.

„Morgen haben wir die forensischen Ergebnisse
und dann wissen wir mehr.", sagte Gottnochamal,
„Gehen wir aber einfach mal davon aus, dass das
Feuer gelegt worden ist. Dann haben wir zwei
Morde innerhalb einer Woche. Es kann also sein,
dass in diesem Hochhaus ein Mörder lebt, der
seine Nachbarn loswerden will. Und wenn es nicht
Herr Szabinski sein sollte, dann ist es einer der
Nachbarn, die wir noch gar nicht kennen."

„Ich soll also den Psychopathen unter den
Nachbarn finden?", fragte Konrad.

„Außer natürlich, Sie haben Angst davor.“, sagte Herr Gottnochamal.

„Nein, nein.“, log Konrad mal wieder, „Angst habe ich natürlich nicht.“

17

Eine Taube hatte sich verirrt.

Sie war zu Konrad Konradsons Apartment
geflogen.

Er hatte zum Glück sein Fenster gerade offen
gehabt, um die Räume seines Apartments mit
frischer Luft zu fluten.

Ansonsten wäre das arme Täubchen mit voller
Wucht gegen eine zu sauber geputzte
Fensterscheibe geflogen, und wäre schon nicht
mehr am Leben.

Nun war die Taube in Konrads Apartment und
hatte sich auf einen Schrank gesetzt.

Die nächsten zweieinhalb Stunden war Konrad
damit beschäftigt, das Täubchen wieder
einzufangen.

Er wollte es wieder aus dem Fenster werfen,
sodass es davonfliegen könnte.

Doch dann entdeckte er am Beinchen des
Täubchens einen kleinen zusammengerollten Brief,
der dort befestigt worden war.

Es war also keine gewöhnliche, sondern eine Brieftaube.

Als Konrad die Taube also schließlich sanft in seinen Händen hielt, gelang es ihm, das zusammengerollte Stück Papier von ihrem Beinchen zu lösen.

„Was hast du mir denn da für eine Botschaft gebracht?", fragte Konrad und die Taube schaute nur ahnungslos hin und her.

Sie gab vor, von alledem überhaupt keine Ahnung zu haben.

Konrad begann den Brief zu lesen, der da in beliebigen Druckbuchstaben geschrieben stand:

„Stecken Sie ihre Nase nicht in die Angelegenheit fremder Leute. Frau Szabinski ist tot, stören Sie also nicht die Ruhe der Toten, Konrad Konradson. Sonst sind Sie der nächste."

„Ich hatte gehofft, du bringst mir eine gute Botschaft.", sagte Konrad zur Taube, welche sich wiederum nur unschuldig und verwundert im Raum umschaute.

Dann kam Konrad eine Idee.

„Wenn du hierher gefunden hast, dann findest du auch wieder zurück.", sagte er zur Taube, „Denn du weißt bestimmt, wo du herkommst, und ich nehme an, dass du immer wieder dahin zurückkehren wirst."

Er befestigte also seine Antwort am Täubchenbein, streichelte das süße Tier ein paar Mal über den Kopf, und entließ es dann wieder aus dem Fenster.

Es flog eilig davon, und Konrad rannte noch schnell nach unten auf die Straße, um zu beobachten, wohin das Täubchen denn fliegen würde.

Also: von woher es eigentlich hergeflogen war.

Leider verschwand es schon nach einigen Flügelschlägen hinter Baumkronen und Häusern und war innerhalb von Sekunden außerhalb von Konrads Sichtweite.

Auf die Rückseite des Faltpapiers hatte Konrad folgendes geschrieben: „Ich lasse mich nicht einschüchtern. Ich werde weiter ermitteln. Ich werde den Mörder von Frau Szabinski finden. Koste es, was es wolle. Gruß, Konrad."

Kapitel Zwei: Jede Tür eine Geschichte

1

Herr Bert und Herr Szabinski waren im selben Krankenhaus untergebracht, trafen aber nicht aufeinander, da sie beide auf verschiedenen Etagen untergebracht waren, und ihre jeweiligen Zimmer nicht verlassen konnten.

Vor Herr Szabinskis Krankenhauszimmer war inzwischen ein Polizist eingetroffen, der darauf achtete, dass Herr Szabinski keine Fluchtversuche unternehmen konnte.

Davon war sowieso nicht auszugehen, denn wie auch bei sich zuhause, verbrachte Martin Szabinski die meiste Zeit schlafend, schien er doch einzig an seinen Träumen Interesse zu haben.

Er verlebte die meiste Zeit nicht im Wachzustand, schien das Leben zu meiden, und sich stattdessen voll und ganz auf seine Schlafphasen zu konzentrieren.

Der Polizist, der vor dem Zimmer saß, lugte manchmal zur Tür herein und konnte dann -war Szabinski denn mal wach- beobachten, wie dieser Notizen anfertigte.

Er notierte sich seine Träume, wie der Polizist bald vermutete.

Der Polizist hatte noch nie jemanden wie Herrn Szabinski gesehen, denn die meisten Leute, die er sonst beobachtete, waren normale Verbrecher, oder unschuldig Verfolgte.

Szabinski schien in keine dieser Kategorien wirklich hineinzupassen.

Er war eine ganz eigenen Sorte Mensch.

Als Herr Szabinski dann wieder einmal tief und fest schlief, schlich sich der Polizist in den Raum und schnappte sich das Notizbuch, in welches Martin kurz zuvor hinein gekritzelt hatte.

Dann konnte der Polizist darin folgendes lesen:

Ich renne und werde fast von meinem Verfolger eingeholt.

Kann ihm gerade noch entkommen.

Später laufe ich zu einem See, dessen Wasser so klar wie Leitungswasser ist.

Auch andere sind schon hier und laufen durch das knietiefe Wasser, manche schwimmen auch darin.

Auf dem Weg dahin begegne ich zwei unheimlichen Typen, die mich die ganze Zeit berühren wollen, und ich versuche ihren Händen zu entkommen.

Es sind zwei ältere Herren, die sich gegenseitig halten müssen, um den Weg überhaupt gehen zu können.

Später bin ich in einem Hotelkomplex und suche nach Helga, aber immer kommt etwas dazwischen, weshalb wir uns jedes Mal verpassen.

Mal geht der Aufzug nicht, der mich zu ihr bringen soll.

Mal fährt der Taxifahrer einen ewigen Umweg, nur um mehr Geld von mir verlangen zu können, und ich steige auf halber Strecke aus, weil ich merke, dass ich gar kein Geld dabei habe.

Immer dann, wenn ich Helga treffe -wenn ich kurz davor bin, sie zu treffen- wache ich leider auf.

Ich kann verstehen, dass die Wirklichkeit ungerecht ist, aber warum müssen denn die Träume auch ungerecht sein?

Konrad war derweil zum Hochhaus in der Bruchbudenstraße aufgebrochen.

Es war Wochenende und so hoffte er darauf, auch den arbeitenden Teil der Hochhausbewohner anzutreffen.

Ganz unten wohnte ein Nachtwächter, der tagsüber schlief und, wie es seine Berufsbezeichnung bereits vermuten ließ, in der Nacht arbeitete.

Er arbeitete in einem Museum, das sich der modernen Kunst verschrieben hatte.

Weder mit Kunst, noch mit Museen konnte er außergewöhnlich viel anfangen, aber es war ein einfacher Beruf für ihn, und er hatte seine Ruhe vor den anderen Menschen.

Rüdiger war nämlich äußerst menschenscheu, ja war geradezu ängstlich, und so kam es, dass er die Tür seiner Erdgeschosswohnung auch nur einen Spalt weit öffnete, als Konrad anklopfte.

„Ich weiß nichts von dem Feuer.", sagte Rüdiger Schmidt zur Begrüßung, „Ich habe schon alles gesagt, was ich nicht weiß."

„Aber, dass es gebrannt hat, das wissen Sie schon?", fragte Konrad.

Rüdiger nickte zaghaft durch den Türspalt.

„Ich bin im Auftrag der Polizei hier.", erkläre
Konrad, „Am besten könnten wir das alles drinnen
besprechen."

Es brauchte einige Überzeugungskunst, bis
Konrad endlich in Rüdigers Wohnung
reingelassen durfte.

Innen drin sah alles penibel aufgeräumt aus, viel
zu sauber, zu ordentlich.

Rüdiger lebte hier alleine, war ein ruhiger Mieter.

Unauffällig und zuweilen auch fast unsichtbar,
hatte er sich über all die Jahre den Ruf eines
angenehmen Nachbars aufgebaut.

Dies war vor allem deswegen der Fall, weil er so
leise war, und für all die anderen Mieter praktisch
nicht stattfand.

Seine gesamte Existenz war wie hinter einem
Schleier und in Schweigen gehüllt.

„Gibt es etwas, das sie verbergen wollen?", fragte
Konrad.

„Nicht, dass ich wüsste.", sagte Rüdiger, „Ich habe nichts zu verbergen, ich bin einfach nur schüchtern."

„Wo waren Sie, als das Feuer ausbrach?"

„Ich habe geschlafen, wurde vom Feuermelder geweckt und dann bin ich raus."

„Haben sie irgendwelche Haustiere?"

„Haustiere?", wiederholte Rüdiger etwas verwirrt, „Als Kind hatte ich einen Hamster."

„Nein, ich meine jetzt aktuell. Seitdem sie hier wohnen."

„Nein, ich habe keine Haustiere."

„Sind Sie sich ganz sicher."

Rüdiger war ebenso verdutzt, wie genervt: „Manchmal fliegt eine Fliege rein, wenn ich das Fenster zu lange offen stehen lasse."

Konrad notierte, was Rüdiger sagte, in einem kleinen Block, welchen er in nur einer Hand halten konnte.

„Sie haben doch sicher von den Mordfällen hier im Haus gehört?", fragte Konrad.

„Ich habe davon in der Zeitung gelesen.“

„Und haben Sie da gar keine Angst?“

„Angst habe ich immer. Vor allem.“, meinte Rüdiger, „Als Nachtwächter weiß ich mich allerdings zu verteidigen.“

„Haben Sie eine Waffe?“

„Das nicht, aber ich interessiere mich sehr für Kampfkunst.“, meinte der Nachtwächter.

„Was denn für Kampfkunst?“

„Ich habe mein eigenes System entwickelt. Eine Mischung aus Karate, Judo und Jiu Jitsu.“

Dann fuchtelte der Nachtwächter ahnungslos in der Luft herum, machte ein paar kindische Bewegungen und blieb doch ganz ernst dabei.

Selbst Konrad bemerkte schnell, dass der Nachtwächter von Kampfkunst keine Ahnung hatte.

„Das ist aber toll.“, log Konrad.

„Ich habe auch lange dafür trainiert.“, behauptete der Nachtwächter und verbeugte sich vor dem Detektiv.

„Wohnen in diesem Haus denn nur verrückte?", sagte Konrad, und erst als die Worte seinen Mund bereits verlassen hatten, merkte er, dass er laut gesprochen hatte.

Eigentlich wollte er diese Worte doch nur leise denken.

„Wie bitte?", fragte der Nachtwächter.

„Ach nichts.", meinte Konrad nervös, „Ich wollte nur fragen, ob Sie vielleicht etwas merkwürdiges mitbekommen haben. Im Zusammenhang mit den Morden."

„Ich habe es wirklich nur aus der Zeitung mitbekommen.", wiederholte sich Rüdiger, „Mehr kann ich leider nicht zur Lösung des Rätsels beitragen- auch wenn ich ihnen natürlich gerne weiterhelfen würde."

2

Inzwischen war Chefermittler Gottnochamal im Krankenhaus angekommen.

Zuallererst brachte er seinem Assistenten, Herrn Bert, einen heißen Tee und ein Rätselblock ins Zimmer.

Dann machte er sich auf, zu Herrn Szabinski.

Vor der Tür berichtete der aufpassende Polizist von dem Notizbuch und erzählte den darin notierten Traum: „Er scheint seine Frau tatsächlich geliebt zu haben. Also, wenn Sie mich fragen, ist der Mann da drin, kein Mörder."

Gottnochamal bedankte sich für die Information: „Wir sind ja noch mitten in den Ermittlungen. Auch ein Hauptverdächtiger kann unschuldig sein, das weiß ich auch."

Dann ließ ihn der Polizist in das Krankenzimmer.

Selbstverständlich musste Gottnochamal Herrn Szabinski wachrütteln, da er natürlich wieder einmal am Schlafen war.

Als er erwachte, griff Martin direkt nach seinem Notizbuch und schrieb ein paar Zeilen hinein.

Gottnochamal konnte einen Blick auf den gerade entstehenden Text werfen:

Ich reiche ihr die Hand und bin glücklich.

Wir sind immer zusammen, nichts kann uns wirklich trennen.

„Herr Szabinski, ich würde ihnen gerne noch ein paar Fragen stellen."

„Ja, fragen Sie mich, nur zu, ich werde alles so gut beantworten, wie ich eben kann."

„Warum sind sie am Tag des Feuers einkaufen gegangen?", fragte Gottnochamal, „Sie sind doch sonst immer zuhause geblieben, in der Bruchbudenstraße."

„Ich musste sowieso persönlich zur Bank, etwas unterschreiben. Dann bin ich eben gleich noch einkaufen gegangen. Manchmal verlasse ich die Wohnung schon."

„Was haben Sie denn unterschreiben müssen?", fragte Gottnochamal.

„Wir mussten noch etwas Miete zahlen.", meinte Herr Szabinski, „Wann werde ich meine Frau bestatten können?"

„Sie ist noch…sie wird noch untersucht.", sagte der Chefermittler etwas leiser, „Wir…ich werde ihnen dann Bescheid geben, wenn es soweit ist."

„Sie hatte immer einen weißen Sarg gewollt.", sagte Martin Szabinski, und der Chefermittler schwieg, wusste nämlich nicht, was er darauf antworten sollte, und reichte Herr Szabinski stumm die Hand zum Abschied.

Herr Szabinskis Händedruck war schwach und seine Hand war kalt, wie ein Stein, den man vom Waldboden aufliest.

Derweil entdeckte Konrad, hinter jeder Tür des Hochhauses in der Bruchbudenstraße, eine neue Geschichte.

Er traf auf Bewohner, die selbst ihn noch verwundern konnten.

Es war eine Sammlung aus skurrilen und faszinierenden Menschen.

Und während sie zwar alle ein wenig merkwürdig waren, so erschien doch keiner von ihnen ein Mörder zu sein.

In der zweiten Etage lebte ein Schuster, dessen Wohnung vollgestellt war mit Schuhmodellen, an denen er arbeitete.

An der Wand hingen Skizzen von geplanten Projekten, die noch am Entstehen waren.

Herr Schuster war ein komischer Kauz, der sich hauptsächlich den Schuhen verschrieben hatte, und alles andere im Leben eher vernachlässigte.

Er hatte vor einigen Dekaden seine eigene Firma gegründet, und war nun im Bereich der Luxusschuhe überaus erfolgreich.

„Die Firma hat mir Reichtum gebracht.“, erklärte er Konrad, „Viel wichtiger ist allerdings, dass ich das tun kann, was mich wirklich erfüllt.“

Dann ließ er Konrad ein paar der luxuriösen Schuhe anprobieren, und obwohl die Schuhgröße stimmte, tat es Konrad ein wenig weh darin zu laufen.

Im Spiegel betrachtete sich der Detektiv und bewunderte seine Schuhe, die tatsächlich äußerst elegant waren- auch, wenn sie ein wenig schmerzten.

„Die sind wirklich wunderschön.", sagte Konrad zu Herrn Schuster, „Aber, sie sind ein wenig…nur ein wenig…unbequem."

Der Schuster gab zu, die Schuhe absichtlich ungemütlich zu gestalten.

„Warum machen Sie das?", wollte Konrad Konradson wissen.

„Ich kann diese reichen Typen einfach nicht leiden, die sich meine Schuhe leisten können.", sagte der Schuster, „Da kam ich irgendwann auf die Idee diese abgehobenen Leute ein wenig zu quälen. Das ist nicht gegen das Gesetz, denn ich zwinge ja niemanden dazu, meine Schuhe zu tragen. Und es ist allgemein bekannt, dass meine Schuhe zwar chic sind, aber doch eher schmerzhaft zu tragen sind."

„Ich mache ihnen da gar keine Vorwürfe.", sagte Konrad, „Und das Gesetz mag da wirklich auf ihrer Seite stehen. Aber ich verstehe nicht, warum die Schuhe dann immer noch gekauft werde, wenn sie so unbequem sind?"

„Es sind Luxus-Schuhe.", antwortete der Schuster, „Sie sind ein Statussymbol. Die reichen Leute, und jene die reich aussehen wollen, kommunizieren über solche Codes. Ein Kleidungsstück ist ein Code, aber im Grunde kann alles ein Code sein. Es geht eben darum, den anderen zu zeigen, dass man irgendwo dazugehört- vor allem, dass man irgendwo nicht dazugehört. Und unter den Reichen entsteht dann eine Art Gruppenzwang, was dazu führt, dass jeder meine Schuhe kaufen will."

„Verstehe.", sagte Konrad und kratzt sich den Kopf, „Wieviel kostet ein Paar Schuhe?"

„Ich hoffe, Sie wollen keine kaufen.", sagte der Schuster, „Also ein Paar kostet so viel wie ein durchschnittliches Monatseinkommen."

„Macht ihnen der Beruf Spaß?", fragte Konrad.

„Selbstverständlich.", antwortete der Schuster, „Ich darf meiner Leidenschaft nachgehen, reiche Leute quälen, ein Vermögen aufbauen, und -wenn man die Schuhe nicht tragen muss- sind diese schon ganz gelungene Kunstwerke."

„Warum stellen Sie keine bequemen, preiswerten Schuhe her, die sich jedermann leisten kann?"

Der Schuster machte große Augen: „Darüber habe ich noch gar nicht nachgedacht."

Konrad hatte fast vergessen, wieso er überhaupt in des Schusters Wohnung war, war er doch so von all den Schuhen abgelenkt.

„Wir arbeiten jetzt auch an lederfreien Modellen.", sagte der Schuster Herr Schuster gerade, „Luxuslatschen können auch ohne Tierleid entstehen."

„Das ist aber toll.", sagte Konrad, „Haben Sie übrigens von den Morden hier im Haus mitbekommen?"

„Nicht wirklich.", sagte Herr Schuster und kramte noch einen Schuhkarton hervor, „Probieren Sie die Mal an, die sind sogar bequem. Die habe ich nämlich für mich selbst herstellen lassen."

„Ja, ich probiere die gleich an."; versprach Konrad und nahm den Karton entgegen, „Aber noch einmal zu den Morden: ist es ihnen etwa ganz egal, dass in diesem Haus gemordet wird?"

„Ich habe für Morde einfach keine Zeit.", erklärte sich der Schuster, „Wenn es nicht um schöne Schuhe geht, will ich es nicht hören!"

Die Wohnung gegenüber stand leer.

Vor zwei Jahren hatte sie der Schuster angemietet, und stapelte darin noch mehr Schuhkartons, vergangener Kollektionen.

Er wollte jede seiner Kreationen jederzeit in seiner Nähe haben, und er wurde nervös, wenn er zu lange von seinem Werk getrennt war.

Die Schuhe hatten sich zu so etwas wie einer Obsession entwickelt.

Aber es war eine positive Obsession, denn am Ende stand ja eine kreative Leistung, eine schöne Schöpfung, ein Verkauf.

Der Detektiv durfte sich ein paar Schuhe mitnehmen, die der Schuster ihm als Geschenk mitgab.

Selbstverständlich wählte Konrad die bequemen Schuhe, zog sie gleich an, und packte die eigene in den Schuhkarton.

Er bedankte sich bei dem Schuster, und lobte ihn für sein Talent und für seine Hingabe.

Der Schuster war vom Schuster-Sein so eingenommen, wie Konrad vom Detektiv-Sein.

3

Nun war Konrad auf der dritten Etage.

Das pensioniertes Biologen-Ehepaar Faule öffnete vorsichtig die Tür und lugte hervor, als hätte noch nie jemand an deren Türe geklingelt.

„Haben Sie jemals exotische Tiere besessen?", fragte Konrad, als er in den Raum hinein lugte, und dutzende Tierskizzen, sowie anatomische Plakate und auch einen ausgestopften Dachs erkennen konnte.

„Nur an der Hochschule. Dort haben wir Biologie studiert, Biologie geforscht und schließlich Biologie unterrichtet.", erklärte Frau Faule, „Hier dürfen wir ja keine Tiere halten."

„Sonst hätten wir natürlich gerne welche.", erklärte Herr Faule, „Aber mit dem Schlangenmord haben wir nichts zu tun!"

„Woher wissen Sie davon?", wollte Detektiv Konradson wissen.

„Es hat sich eben hier im Haus herumgesprochen.", erklärte die Frau Biologin, „Das Feuer haben wir ja auch mitbekommen."

„Was halten Sie von diesen Vorkommnissen?",
wollte Konrad wissen.

„Höchst merkwürdig.", flüsterte Herr Faule, „Auf
unseren Forschungsreisen waren wir auf jeden Fall
sicherer als hier im Haus."

„Glauben Sie das wirklich?", fragte Konrad.

„Natürlich.", sagte der Biologe, „Wir sind von
jeder Expedition bislang zurückgekehrt, wir haben
die Natur also immer überlebt."

„Gibt es denn Biologen heutzutage, die von ihren
Expeditionen nicht mehr wieder zurückkehren?"

Da begann Frau Faule eine kleine Geschichte über
einen ehemaligen Kollegen zu erzählen:

„Der Rot-Augen-Laubfrosch-Schmetterling war
nur ein einziges Mal von einem Menschen
gefangen worden.

Weil er hochgradig giftig ist, tötete schon die erste
Berührung den Entdecker des Schmetterlings.

Weil der Entdecker es nicht besser wusste, und
auch nicht wissen konnte, ließ er den
vorbeifliegenden Schmetterling auf seiner
ausgestreckten Hand Platz nehmen.

Dann bewunderte er das Tier, das es noch in kein Lehrbuch geschafft hatte.

Manche Lebewesen waren den Menschen noch immer unbekannt.

Weil der Entdecker des Schmetterlings so von dessen Schönheit fasziniert war, beschloss er ihn einzufangen, hob seine Hand langsam über ihn, und war sich des Ruhmes gewiss, welcher jedem Menschen zustand, der eine neue, noch unbekannte Art aus der Natur in die Lehrbücher brachte.

Es würde den Namen des Entdeckers unsterblich machen.

Doch sobald er den Schmetterling umschlossen hatte und dessen Flügel berührte, wurde ihm auf einmal schwindlig.

Der einzige Fänger des Rot-Augen-Laubfrosch-Schmetterlings fiel zu Boden und war tot.

Der Schmetterling flog davon.“

„Und woher wissen Sie das?“, fragte Konrad.

„Ich weiß es nicht.“, sagte die Biologin, „Aber so muss es gewesen sein.“

„Haben Sie an der Hochschule Terrarien mit Tieren drin?", fragte Konrad.

„Selbstverständlich.", sagte Herr Faule, „Allerdings ausschließlich zu Forschungszwecken."

„Ist jemals ein Tier von dort abhandengekommen?", fragte Konrad.

„Ein paar ungefährliche Tiere vielleicht. Aber doch keine giftigen Tiere, wenn Sie das meinen.", sagte Herr Faule, „Für alle giftigen Tiere gibt es Listen, sodass da nichts so leicht verschwinden kann."

„Das werde ich gegebenenfalls prüfen.", sagte Konrad.

„Machen Sie nur, wir haben seit Jahren sowieso keinen Zugang mehr zu den Terrarien der Hochschule."

„Trotzdem wäre es für Sie beide bestimmt kein Problem, an ein exotisches und giftiges Tier zu kommen.", meinte Konrad, „Schließlich sind Sie ja Biologen."

„Wir haben vielleicht die notwendige Expertise,
aber doch kein Motiv!", rief die Frau Biologin,
„Und nun gehen Sie bitte!"

Auf dem Flur traf Konrad auf Herrn
Gottnochamal.

„Sie sind auch hier?", fragte Konrad.

„Ja, ich habe ihr Auto draußen gesehen, wusste
also, dass Sie noch da sind. Dann habe ich an ein
paar Türen geklopft, und gehört, dass Sie schon da
waren."

„Ja, ich arbeite mich von unten nach oben."

„Haben Sie diesen Möchtegern-Karate-Kämpfer
gesehen?"

„Den Nachtwächter?"

„Ja, genau. Was sind das nur für Leute, die hier
wohnen?", fragte der Chefermittler Gottnochamal,
„Oder, was halten Sie von diesem Schuster?"

„Herr Schuster war überaus freundlich.", sagte
Konrad, „Sehen Sie sich nur einmal meine neuen
Schuhe an, die habe ich von ihm."

Der Chefermittler nickte begutachtend in Richtung von Konrads Schuhen.

„Mir hat er auch welche geschenkt.", meinte Gottnochamal, „Aber die sind schon recht unbequem, was meinen Sie?"

„Das kommt aufs Modell an.", sagte Konrad, und der Chefermittler nickte zustimmend.

Dann brachte der Chefermittler unseren Konrad auf den neuesten Stand: „Hier ist die Analyse der Forensik: das Feuer ist so gelegt worden, dass es sich nicht großflächig im Gebäude ausbreiten würde. Es war ein lokaler Brand. Was Frau Szabinski dann getötet hatte, waren nicht etwa die Flamen, sondern der Rauch. Sie atmete den Rauch über einen langen Zeitraum ein, hatte also schon längst eine Kohlenmonoxid-Vergiftung, bevor die Flammen ihr überhaupt nahe kamen. Frau Szabinski war außerdem bewegungsunfähig, sie konnte nicht fliehen und wohl auch nicht um Hilfe rufen. Sie war wohl gefesselt und geknebelt, zumindest legen das die Faserreste nahe. Zwei Dinge stehen jetzt also fest. Erstens: Helga Szabinski wurde gezielt aus dem Weg geräumt. Zweitens: der Brand wurde so gelegt, dass vor allem sein Rauch tötete. Vermutlich war die

Ausbreitung der Flammen nicht einmal geplant gewesen. Wer dieses Feuer gelegt hat, wollte das Hochhaus insgesamt nicht gefährden. Die Immobilie sollte bestehen bleiben. So haben es jedenfalls die Kollegen aus der Forensik gedeutet."

„Faszinierend.", meinte Konrad, „Was ist denn mit Herr Szabinski?"

„Der schläft die meiste Zeit, die er im Krankenhaus verbringt.", antwortete Gottnochamal, „Außerdem schreibt er wohl so etwas wie ein Traum-Tagebuch. Sobald er aufwacht, notiert er, was er in seinen Träumen erlebt hat. Er scheint seine Frau wirklich zu vermissen."

„Und wie geht es Herrn Bert?"

„Ach, dem geht es ganz in Ordnung.", meinte Gottnochamal, „Ich glaube, den lassen die bald schon wieder gehen."

„Ich hoffe nicht.", meinte Konrad.

„Wie bitte?"

„Nun, ich bin eben sehr gerne ihr Assistent.", erklärte Konrad seine missverständlichen Worte.

„Ich verstehe, ich verstehe.“, sagte der Chefermittler, „Nun hoffen wir aber, dass es Herr Bert bald besser geht.“

„Ja, natürlich.“, murmelte Konrad.

„Geben Sie mir mal ihre Notizen.“, sagte der Chefermittler, „Wenn die gut lesbar und informativ sind, dann dürfen Sie auch noch länger mein Assistent bleiben. Auch wenn Herr Bert wieder zurück aus dem Krankenhaus ist.“

Konrad grinste über das ganze Gesicht und reichte dem Chefermittler bereitwillig seine Notizen.

„Die lese ich mir später ganz genau durch, Konrad.“, meinte Gottnochamal, „Jetzt muss ich wieder zurück ins Krankenhaus zu Herr Szabinski. Seine Frau darf jetzt nämlich bestattet werden, die Obduktion ist ja schließlich abgeschlossen.“

„Ich konnte Frau Szabinski nicht retten, obwohl sie mich darum gebeten hatte.“, sagte Konrad.

„Das ist nicht Ihre Schuld.“, sagte der Chefermittler, „Wir können nicht jedes Verbrechen verhindern, Konrad. Aber wir können die Verbrechen auflösen, und den Täter zur Strecke

bringen. Es ist nie zu spät, für das Gute zu
kämpfen."

„Nie?"

„Es ist nie zu spät.", sagte der Polizeichef und
zuckte aus seiner Jackentasche seinen Geldbeutel
hervor.

Diesem entnahm er eine leicht zerknitterte
Visitenkarte: „Hier haben Sie meine
Telefonnummer, Konrad. Da können Sie mich
immer erreichen, aber rufen Sie wirklich nur an,
wenn es wichtig ist. Wir sind jetzt ein Team,
verstanden? Nichts schweißt so sehr zusammen,
wie in einem Fall gemeinsam zu ermitteln."

Dann brach Herr Gottnochamal wieder auf, und
Konrad war wieder auf sich selbst gestellt.

Das Zimmer gegenüber der Biologen stand leer.

Einst hatte dort ein Pilot gelebt, wie ein kleines
Flugzeugmodell verriet, welches über der
verlorenen Tür an feinen Fäden, schwebte.

Das konnte Konrad alles nur vermuten, als er vor
der verschlossenen Türe stand, und von
niemandem hereingelassen wurde.

Was er nicht wissen konnte, war diese kleine
Wahrheit:

Der niedergeschlagene Pilot hatte seinen Kaffee
kalt getrunken.

„Das ist mein letzter Flug als Pilot.", hatte er über
den Lautsprecher gesagt.

Einige Passagiere hatten dann müde applaudiert.

Die anderen hatten einfach weitergeschlafen.

Es war ein langer Flug gewesen, über einen Ozean,
der kein Ende zu kennen schien.

„Es wird auch euer letzter Flug sein.", hatte der
Pilot dann noch gesagt, aber zu dem Zeitpunkt
hörte schon niemand mehr zu.

Die Stewardess ging dann herum und fragte, ob
noch jemand Orangensaft haben wolle.

4

Vierte Etage.

Konrad war langsam von seinem Assistentenberuf
genervt.

Obwohl er den so gerne haben wollte.

Manchmal muss man erst etwas merken, um zu
wissen, dass man es gar nicht sein wollte.

Sie war das oft mit den Dingen und vor allem mit
den Anstellungen mit den Berufen und den
scheinbaren Vorteilen, die mit ihnen kamen.

Er klingelte und klopfte an einer Tür, bis ein Junge
sie schließlich öffnete.

Er hielt einen Stapel an Papier in der Hand, und
Konrad fragte ihn direkt danach.

„Das ist ein Manuskript.“

„Ein Manuskript von was?“, fragte Konrad, „Hast
du das geschrieben?“

Der Junge schüttelte langsam den Kopf.

„Worum geht es denn in dem Manuskript?“

Der Junge spähte kurz zur Tür hinaus, in alle anderen Richtungen, um sicher zu gehen, dass außer dem Detektiv dort niemand sonst stehen würde.

Als er sich dessen sicher war, begann der Junge zu erzählen:

„Der Aktenkoffer stand neben der Absperrung.

Als der Mann von der Brücke sprang, blieb nur der Aktenkoffer oben stehen.

Der Junge hatte den Mann beobachtet, hatte noch gerufen.

Der Mann hatte zurückgeblickt, zu dem Jungen.

Beide kannten sich nicht, waren sich noch nie über den Weg gelaufen.

Bis zu diesem Moment.

Der Mann wandte sich wieder dem Abgrund zu, da dieser ihm bekannter und einladender erschien.

Der Junge war inzwischen von seinem Fahrrad abgesprungen, und lief mit diesem etwas näher zu dem Mann auf der Brücke.

Als der Mann sprang wurde es dem Jungen übel und er blieb stehen.

Es wurde ihm schummrig, und trotzdem lief er näher zur Absperrung der Brücke.

Er wollte hinuntersehen, auch wenn er wusste, dass es nichts mehr zu retten gab.

Was hätte gerettet werden können, das war jetzt schon verloren.

Keine andere Schlacht im Leben des Jungen sollte so kurz andauern und so tiefgreifend sein.

Der Blick hinunter machte den Jungen noch schummriger, und alles sah so winzig aus von hier oben, und alles war so still und kaputt.

Der Junge öffnete den Koffer- warum er es tat war ihm in diesem Moment auch noch nicht bekannt.

Er fand ein großes, schwarzes, kantiges Mobiltelefon, und rief damit die Polizei.

Im Koffer war noch eine Sammlung an losen Papierblättern, die sich schon bald als ein Manuskript herausstellte.

Das muss der Mann verfasst haben, dachte der Junge, und blätterte durch die Seiten.

Er las und war wie gefesselte von den Worten des verstorbenen Mannes.

Als die Sirenen ertönten und immer lauter wurden, packte der Junge das Manuskript unter seine Jacke, und hielt es dort versteckt.

Das Gespräch mit den Polizisten war kurz, und der Junge sagte bei fast allem die Wahrheit.

„War sonst noch irgendwas in dem Koffer?", fragte ein Polizist in freundlichem Ton, als würde er mit einem Bekloppten sprechen.

„Nein, nur das Telefon.", log der Junge.

Der Polizist wusste zwar nicht, ob er das glauben sollte, nickte aber.

„Oftmals hinterlassen Selbstmörder nämlichen einen Brief.", erklärte der Polizist, „Darin erklären sie dann ihre Gründe, warum sie das gemacht haben."

Der Junge schüttelte nur den Kopf und der Polizist nickte nur wieder.

Dann war dieses Gespräch vorbei und der Junge wurde nach Hause gefahren.

„Was ist mit meinem Fahrrad?", fragte er noch die Polizistin, die am Steuer saß.

„Keine Sorge, wir bringen es dir morgen. Wie ist noch einmal deine Adresse?"

Als er zu Hause war dauerte es Stunden, bevor er sich dem Manuskript widmen konnte.

Er hatte es von der Jacke rausgeholt und unter seinem Bett versteckt, in dem Moment, als seine Mutter Sorge hatte wegen der Polizisten, und die Polizisten damit beschäftigt waren, die Mutter zu beruhigen.

Zuerst sprachen die Polizisten mit seiner Mutter.

Dann sprach seine Mutter mit ihm.

Dann sprach seine Mutter mit seinem Vater.

Und später würde sein Vater noch einmal mit den Polizisten sprechen.

Dann aber, es war schon dunkel, konnte er das Manuskript unter seinem Bett hervorziehen und mit der Taschenlampe darin lesen.

Es war das Beste, was der Junge in seinem ganzen Leben lesen würde.

Jede Nacht holte er die Blätter unter seinem Bett hervor und las darin.

Als er, etwa nach einer Woche, das ganze Manuskript gelesen hatte, beschloss er es zu verbrennen.

Der Junge wollte der einzige sein, der das Manuskript des Mannes kannte."

„Darum geht es in dem Manuskript?", fragte Konrad Konnie Konradson.

Der Junge schmunzelte nur.

„Wo sind deine Eltern?", wollte Konrad dann wissen.

„Die leben schon lange nicht mehr."

„Du lebst hier allein?"

„Manchmal kommt eine meiner Tanten und schaut dann, dass alles in Ordnung ist."

Konrad wusste nicht, ob er das alles so glauben wollte, glauben konnte.

„Nun gut, dann wünsche ich dir noch einen schönen Tag.", sagte Konrad zu dem Jungen, denn er wollte mit ihm nicht über Mord sprechen, obwohl die Thematik ihm nicht viel auszumachen schien.

„Und ich wünsche dir das gleiche.", meinte der Junge und verschloss die Wohnungstüre wieder.

Gegenüber des Jungen auf Etage vier, wohnte Herr Heinz Schlabbowitz.

Dies allerdings nur der Aufschrift an dessen Klingelschrift zu entnehmen.

Denn eine Frau, Anfang/Mitte dreißig öffnete die Tür.

„Sind Sie Herr Heinz Schlabbowitz?", fragte Konrad.

„Nein, ich bin nicht Herr Heinz Schlabbowitz."

„Sind Sie Frau Schlabbowitz?"

„Nein, ich bin Frau Kinli."

„Sind Sie die Freundin von Herr Schlabbowitz?"

„Sie stellen aber viele Fragen.", entgegnete Kinli, „Wer sind Sie überhaupt?"

Konrad stellte sich vor.

Dann erfuhr er die Geschichte, hinter diesem Raum, hinter Zimmer zwei auf Etage vier des Hochhauses in der Bruchbudenstraße:

In ein weißes Tuch gehüllt starb Herr Schlabbowitz, wie auf einer unbemalten Leinwand.

Sein Leben war nur zur Hälfte gelebt, wenn überhaupt, dann hatte die Krankheit zugeschlagen.

Er hatte sich dann vorgeworfen, zu viel geraucht zu haben.

Zu viel getrunken zu haben.

Und sogar: zu wenig gelebt zu haben.

Nach etlichen Arztbesuchen und verschwenden Experimenten mit verschiedenen Therapien, hatte er sich mit seinem Schicksal abgefunden.

Da wurde das Bett zu dem Ort, welchen er nicht mehr verlassen würde.

Es wurde seine letzte und einzige Heimat auf Erden.

Er begann dann auch wieder zu rauchen, eher aus Trotz, als aus Gewohnheit.

Eher aus Hass, als aus Sucht.

Er versuchte auch, wieder zu trinken, musste es aber zu oft ausspucken, bekam es nicht mehr runter.

Ab und zu spuckte er auch Blut heraus, wenn sein Husten zu stark wurde.

Auch damit fand er sich irgendwann ab.

Er war kein Kämpfer, aber er war jemand, der sich trotz allem nicht beklagte, und das ist oft Kampf genug.

Das Bett konnte er nicht einmal mehr verlassen, um seine Notdurft zu entrichten, und so versuchte das Schicksal ihm selbst die Würde noch zu rauben.

Manchmal fragte er sich, was er in seinen vorigen Leben so alles falsch gemacht haben musste.

Er fand keine Antwort, erfand aber Geschichten.

Manchmal brachte er sich selbst dadurch zum Schmunzeln, und das war zwar kein Sieg, zumindest aber ein wenig Ablenkung.

Die Pflegerin, die jeden Tag zwei Mal kam und sich um ihn kümmerte, ihn versorgte und den Kreislauf am Laufen hielt, war das einzige, auf das er sich verlassen konnte.

Sie war auch das Einzige, wofür er jetzt noch dankbar war.

Sie war es im Übrigen, die ihm die Würde aufrechterhielt.

Auch wenn es ihm schwerfiel, sich mit Worten zu bedanken, sprachen seine Blicke zu ihr beinahe für sich selbst.

Sie reichte ihm am Ende auch den Löffel mit der Suppe an den Mund, als er selbst das nicht mehr alleine konnte.

Er schlürfte dann leise die übergewürzte Suppe, und fühlte sich wie ein Mensch.

Nach dem Essen, das vor allem aus Flüssigkeit bestand, brauchte er immer seinen Schlaf.

Die Pflegerin würde dann ein paar Einkäufe erledigen, später zurückkehren und feststellen, dass er nicht mehr aufwachen würde.

Sie blieb dann noch eine Weile neben dem Bett sitzen, und schloss ihre Augen.

Die Einkaufstasche aus Stoff lag auf dem Boden, mit all den Sachen drin, die jetzt nicht mehr gebraucht würden.

Das Bettlaken des Mannes hätte sie heute noch gewaschen, aber jetzt war es zu spät, und er lag darin eingehüllt, endlos schlafend- und trotz allem erhaben.

„Später habe ich dann in seinem Testament gesehen, dass ich seine Wohnung hier erben würde.", sagte Frau Kinli, „Das ist unsere Geschichte."

Konrad bedankte sich, für die Informationen: „Und haben Sie von den Morden hier im Haus etwas mitbekommen?"

„Der Nachbarsjunge hat mir davon erzählt. Ich bin jeden Wochentag auf Arbeit, im Krankenhaus.", sagte sie, „Als Krankenschwester habe ich keine Zeit für irgendwelchen Tratsch. Wenn hier also etwas im Haus passiert, erfahre ich das ausschließlich vom Nachbarsjungen. Ich war mir also nicht sicher, ob das nicht nur seiner Fantasie entsprang."

„Es ist die Wahrheit."

„Das Feuer und die Schlange?", fragte Kinli.

„Das Feuer und die Schlange.", bestätigte Konrad.

„Manchmal weiß ich nicht, ob mit ihm die Fantasie durchgeht, deshalb habe ich es ihm nicht wirklich geglaubt.", sagte Kinli, „Wissen Sie, ich koche jeden Tag für den Nachbarsjungen."

„Ist er ein Waisenkind?"

Frau Kinli nickte: „Ja, zumindest habe ich seine Eltern noch nie gesehen."

„Wissen Sie, dieses Hochhaus ist doch schon sehr merkwürdig.", meinte Konrad.

„Finden Sie?"

„Finde ich."

„Wieso?", fragte Kinli.

„Es gibt hier zu viele Geschichten, und ich frage
mich, ob sie mir überhaupt dabei helfen dieses
Rätsel zu lösen."

„Das sind keine Geschichten.", entgegnete Frau
Kinli, „Das ist ein Schicksal nach dem anderen."

„Es sind Geschichten.", antwortete Konrad, „Und
jede davon erzählt vom Tod."

„Wenn diese Schicksale für Sie nur verschiedene
Geschichten sind, so sind es doch Geschichten vom
Leben.", sagte Kinli, „Auch wenn das erst einmal
nicht danach klingt."

5

Auf Etage fünf lebte Aktionär Herr Dr. Losswin, der vor keinerlei Wetten zurückschreckte.

„Moral ist hier an der Börse keine Kategorie, in der wir denken. Manche halten uns sogar für Satanisten, aber wir Lebensmittelspekulanten haben doch gar nicht die Zeit dazu, eine Religion auszuüben. Wir denken hier viel eher in Begriffen wie *Gewinnmaximierung* und *Portfolioerweiterung*, wenn sie verstehen was ich meine.", sagte der Lebensmittelspekulant und goss etwas zu viel Milch in eine Schüssel, in die er danach etwas zu wenig Cornflakes schüttete.

„Diese Marke zum Beispiel.", sagte er und wog die Packung Cornflakes in seiner Hand, „Das ist vielleicht keine gute Firma. Die gehen vielleicht auch über Leichen. Vielleicht beuten sie Menschen aus. Vielleicht verschwenden sie Ressourcen, nutzen Kinderarbeit, mischen die gruseligsten Zusatzstoffe dazu, klauen Wasservorräte, machen Menschen von ihrem giftigen Müll abhängig, aber hey: es schmeckt doch ganz okay. Und vor allem: nichts davon hat bislang dem Aktienkurs dieser Firma geschadet. Natürlich investiere ich in so etwas, das ist ja logisch. Ich kann doch nicht auf

einen möglichen Gewinn verzichten, nur weil
diese Firma jetzt nicht gerade einen Heiligenschein
verdient hat. Die Dividende habe ich trotzdem
verdient. Sowieso: wenn ich es nicht kaufe, dann
kauft es eben jemand anderes, und wir reich
damit. Aktien machen übrigens sowieso nur den
geringsten Teil meines Portfolios aus."

„Wie ist das an der Börse?", fragte Konrad, „Kann
da heutzutage jeder mitmischen?"

„Aber natürlich.", sagte der
Lebensmittelspekulant, „Jeder, der etwas Geld hat,
ist willkommen. Mir sind die am liebsten, die keine
Ahnung haben. Jene, die etwas Geld zu verlieren
haben, und dafür solche Leute wie mich ein wenig
reicher machen. Das erkenne ich auch sofort, wenn
jemand keine Ahnung hat, da hab ich ein ganz
feines Näschen für entwickelt, das mir solche
Leute direkt offenbart. Die denken man könnte
spekulieren, ohne sich zu informieren, und das ist
der Fehler. Was ich mache ist eine Mischung aus
Wissenschaft und Kunst, aus Mathematik und
Intuition. Was ich mache ist wie Jazzmusik: nur
die wenigsten der wenigsten meistern dieses
Fach."

Herr Dr. Losswin hatte sich seine Wohnung als Büro eingerichtet.

Bildschirme, Zeitschriften, Papier und Rechenmaschinen.

Losswin war umgeben von seiner eigenen, kleinen Wallstreet.

Eine tiefe Verbundenheit fühlte er noch immer zu alten Kabeltelefonen.

„Ich bin ein Spekulant.", sagte er, „Aber einer, der das Spekulieren wirklich liebt."

„Haben Sie von den Verbrechen, die hier im Haus geschehen sind, mitbekommen?"

„Einmal war Feueralarm, da bin ich dann runter.", erklärte Losswin, „Wissen Sie, mein Geld lagert in Konten über der ganzen Welt verteilt. Digitale Ziffern. Bares. Edelmetalle. Schmuck. Vor allem natürlich Aktien, die ich auf verschiedene Depots verteilt habe."

Konrad fragte: „Und das heißt?"

„Das heißt, dass ein Feuer mir keine Angst einjagt.", sagte der Aktionär, „Wenn das hier alles verbrennt, habe ich immer noch genug Geld, das ganz woanders lagert."

„Verstehe.", sagte Konrad, „Außer natürlich, man verliert sein Leben."

„Natürlich, das versteht sich ja.", sagte Losswin, „Da kann man dann aber auch nichts mehr machen. Meine Lebensphilosophie ist ganz einfach: ich habe keine. Das, was mit Frau Szabinski passiert ist, ist wirklich furchtbar. Sie war eine nette Nachbarin, ich habe sie manchmal im Treppenhaus gesehen."

„Wissen Sie, dass das Feuer absichtlich gelegt wurde.", fragte Konrad.

„Nein. So etwas kann ich mir auch nicht vorstellen.", meinte Losswin, „Wer sollte so etwas denn bitte machen?"

„Das wollen wir ja herausfinden.", sagte Konrad, „Und was halten Sie von dem anderen Mord?"

„Dem anderen Mord?", fragte Losswin, „Hier im Haus?"

„Haben Sie davon gar nicht gehört?", fragte Konrad, „Der Nachbar von Frau Szabinski war von einem Schlangenbiss getötet worden."

„Also nein. Jetzt erzählen Sie mir aber irgendwelche Märchen.", lächelte Losswin und schüttelte den Kopf, „Wenn dem so wäre, dann müsste ich ja umziehen und dieses Hochhaus verlassen."

„Wieso das?", fragte Konrad.

„Das Gebäude ist das einzige in der Nachbarschaft, welches noch nicht von den Immobilienriesen gefressen wurde. Denken Sie darüber mal nach. Wenn es hier eine Gefahr gibt, dann kommt die von oben, und zwar von ganz oben. Die wollen uns nämlich raus haben aus diesem Haus."

„Warum wollen die euch raushaben?", fragte Konrad.

„Da geht es um Kapital. Folgen Sie einfach der Spur des Geldes, die führt ja bekanntlich am schnellsten zur Auflösung.", sagte Losswin.

„Sind Sie Verschwörungstheoretiker?", fragte Konrad.

„Ich bin Spekulant.", sagte Losswin.

„Wo ist der Unterschied?"

„Ich habe mit meinen Wetten immer auch etwas
zu verlieren.“

„Sie bezichtigen also irgendwelche
Immobilienriesen?“

„Ich bezichtige überhaupt niemanden.“, sagte
Losswin, „Ich stelle nur Fragen. Man wohnt hier
schon recht günstig, selbst nach all den
Mieterhöhungen sind die Kosten hier noch immer
niedriger, als sonst wo im Stadtviertel.“

6

Etage sechs stand leer.

Einst hatte hier ein hochgradig kriminelles Ehepaar gelebt.

Die waren nun aber schon lange hinter Gitter.

Sie konnten also in keinem Zusammenhang mit den Verbrechen der vergangenen Wochen stehen.

Dafür saßen sie schon zu lange im Knast.

Nachdem er in einem bolivianischen Drogenkartell einen Schnupperkurs absolviert hatte, war er zum Selbstmordattentäter aufgestiegen.

Bislang war allerdings keiner seiner Anschläge erfolgreich verlaufen, weshalb er immer noch am Leben war.

Von anderen Terroristen wurde er stets verlacht.

Sein Karriereplan hatte bislang einfach noch nicht gezündet.

Doch er hatte noch großes vor, das hatte er sich geschworen.

Er begriff den Terrorismus als eine ganz eigene Kunstform: die Bomben waren seine Farben, der Sprengstoffgürtel war seine Palette, und jede Großstadt kam als mögliche Leinwand infrage.

Als Selbstmordattentäter wollte er hoch hinaus, und eine steile Karriere hinlegen.

Er wusste, dass es nicht viele Aufstiegschancen gab.

Jedenfalls war es kein Beruf auf Dauer.

Aber ein einziges Mal immerhin, da durfte ein Selbstmordattentäter glänzen, und das war mehr als es so manchem anderen Menschen vergönnt gewesen wäre.

Einmal da dürfte er mit Knall und Fall im Mittelpunkt stehen, und mehr wollte er doch gar nicht.

Seine Frau war da nicht anders, als er.

Sie waren sich so ähnlich, weshalb ihre Ehe fast zu einer Zwangsläufigkeit wurde.

Sie hatte einst vorgehabt, sich in der Masse in die Luft zu sprengen, der Sprengstoff war aber nicht richtig angebracht, und so stand sie einfach in der

Masse und wartete darauf, für ihren Gott zu sterben und so viele unschuldige Ungläubige mit sich zu nehmen, die in ihren Augen nicht unschuldig waren, und sie zog an dem Auslöser, und nichts passierte, und sie fragte sich, ob sie etwas falsch machte, aber sie tat alles richtig, es war nicht ihre Schuld, dass ihre Jacke nicht in die Luft flog, denn sie war nur hier um zu sterben, die Jacke hatte sie selbst nicht konstruiert, das hatten andere für sie getan, andere, die jetzt nicht sterben wollten, noch nicht, vermutlich später, vielleicht, und so stand sie in der Masse, schrie ihren kranken Glaubenssatz, aber ihre Pointe wollte nicht zünden, und man schaute sie an, und man entfernte sich ein wenig von ihr, und sie rannte dann davon, denn sie hatte sonst keinen Plan, denn sie hatte vor zu sterben und zu töten, und beides war ihr nicht gelungen, und ein wenig unangenehm war ihr das dann schon.

Nun waren sie eben beide im Knast, allerdings in verschiedenen Einrichtungen untergebracht, da in Vollzugsanstalten immer noch eine strikte Trennung der Geschlechter gilt.

So waren sie dazu gezwungen, einander Briefe zu schreiben, deren Inhalt immer poetischer wurde, um der Zensur immer mehr zu entgehen.

Auf Etage sieben, ganz oben, waren inzwischen beide Türen versiegelt: Die von Szabinskis und die von Sören Eckel.

Das polizeiliche Klebeband war im Falle der Szabinskis allerdings leicht zu umgehen.

Konrad schaute nur kurz in den abgefackelten Raum.

Dann war er von Informationen und Emotionen für heute übersättigt.

Er setzte sich auf die kalten Stufen im Treppenhaus und schloss, für ein paar Sekunden, die Augen.

Dann öffnete Konrad schlagartig wieder die Augen und er fragte sich: „Was liegt im Briefkasten von Sören Eckel?"

Wenn er gestorben war, und seitdem Post bekommen hätte, dann wäre der Briefkasten ja seitdem nicht geleert worden.

Vielleicht war also darin ein Hinweis versteckt.

Wie beflügelt rannte der Detektiv alle Treppen herunter, ohne daran zu denken, dass er ja auch den Fahrstuhl hätte nutzen können.

Unten dann stand er vor verschlossenen Briefkästen.

Kapitel Drei: Versteckte Botschaft

1

Außer ein paar Werbeprospekten war nichts in Eckels Briefkasten gewesen.

Dies hatte sich am nächsten Tag herausgestellt.

Trotzdem lobte der Polizeichef, mit der Brechstange in der Hand, Konrads Idee.

Und trotz des Lobes, klang Herr Gottnochamal irgendwie genervt.

„Wir hätten ja auch oben nach dem Briefkastenschlüssel suchen können.", meinte Konrad in Richtung Brechstange.

„Das hätten wir tun können.", sagte Gottnochamal.

„Was ist mit dem Briefkasten der Szabinskis?", fragte Konrad.

„Gute Idee.", sagte Gottnochamal, und beinahe hätte auch Konrad den Hass und die Verachtung in der Stimme des Polizeichefs erkennen können.

Dann brach er den Briefkasten der Szabinskis auf.

Darin lag eine kleine Taubenfeder.

„Auch hier ist nichts Besonderes.“, meinte der Chefermittler.

„Moment mal!“, rief Konrad, „Nicht anfassen! Das kann uns weiterhelfen!“

„Eine Feder?“, fragte Gottnochamal.

Konrad berichtete dem Polizeichef von der Taube, welche letztens zu ihm geflogen war.

Und von der Botschaft, die am Täubchenbein befestigt gewesen war.

„Sie glauben da also an einen Zusammenhang?“, fragte Gottnochamal.

„Zumindest sehe ich eine Korrelation. Dies muss noch keine Kausalität nahelegen.“, sagte Konrad.

„In Ordnung.“, meinte der Chefermittler, „Ich habe jetzt übrigens alle Ihre Notizen gelesen. Also, über die Leute, die hier so wohnen. Hier ist was ich denke: Herr Szabinski wurde nur am Leben gelassen, um uns auf eine falsche Fährte zu locken. Er sollte am Ende als Mörder dastehen, obwohl er weder mit der Schlange, noch mit dem Feuer irgendetwas zu tun gehabt hatte. Ihn hatte man als Opfer ausgewählt, das den Täter spielen sollte. Wir hatten ihn ja auch unter Verdacht. Eine Zeit lang ging der Plan also auf, und wir bildeten uns ein, dass Martin Szabinski ein psychopathischer Mörder sein müsste. Es war die einfache, aber falsche Lösung dieses Rätsels. Beinahe wäre Herr Szabinski der ideale Sündenbock geworden, wäre da nicht Ihre Zeugenbefragung."

„Was meinen Sie?", fragte Konrad, „Konnten meine Notizen etwa helfen?"

„Sie haben doch diesen Aktionär befragt, auf Etage…auf Etage 6?"

„Auf Etage fünf war das, Etage sechs steht leer. Sie meinen Herr Dr. Losswin, den Spekulanten."

„Jedenfalls, dieser Aktionär hatte etwas wichtiges gesagt.", sagte Gottnochamal, „In den Notizen hat er Immobilien erwähnt. Und er hat angedeutet, dass man die Bewohner hier loswerden möchte, sodass dieses Hochhaus hier übernommen werden kann."

„Er sagte, wir sollten der Spur des Geldes folgen.", sagte Konrad, „Halten Sie die Theorie des Spekulanten für realistisch?"

„Eine bessere Theorie habe ich jedenfalls nicht.", meinte Gottnochamal, „Wir können jetzt natürlich nicht jeden Bewohner von hier rausholen und woanders unterbringen."

„Vielleicht könnten die zeitweise in Hotels unterkommen?", fragte Konrad.

„Ist das etwa die Lösung?", fragte Gottnochamal, „Dass hier noch mehr Angst unter den Bewohner entsteht?"

„Wenn der Spekulant Recht hat, dann ist es verdammt gefährlich, in diesem Hochhaus zu wohnen!", mahnte Konrad.

„Sie folgen der Spur der Taubenfeder. Ich folge der Spur des Geldes.", erklärte Gottnochamal, „Und wir beide halten die Füße still. Ich will nicht, dass hier Panik ausbricht. Wir lassen die Bewohner des Hochhauses in Ruhe, aber wir lassen hier ab jetzt immer mal wieder einen Streifenwagen vorbeifahren. Wir können schließlich nicht aufgrund eines geäußerten Zeugenverdachts ein ganzes Hochhaus räumen."

„Nun gut.", meinte Konrad, „Ich folge der Spur der Taubenfeder, und Sie machen sich auf zu diesen Immobilienhaien."

„Ja, wir gehen das gemächlich an.", meinte der
Chefermittler, „Nur Idioten überstürzen ihre
Ermittlungen."

„Wie meinen Sie das?"

„Nun, zunächst einmal ist morgen die Beerdigung
von Helga Szabinski.", sagte Gottnochamal, „Und
dann habe ich noch ein paar Tage Urlaub gut,
wegen all der Überstunden, die sich so angehäuft
haben."

„Aber wir ermitteln doch an einem wichtigen
Fall!", rief Konrad.

„Überstunden abbauen ist auch wichtig.", sagte
Gottnochamal, „Übrigens: aus dem biologischen
Institut der Universität sind keine Schlangen
entkommen. Ich habe da angerufen, und alle
Listen sind vollständig, alle Tiere sind noch da.
Woher die Schlange kam -die Eckel tötete- bleibt
unklar."

„Das entlastet schon mal das Biologenehepaar.",
meinte Konrad, „Manchmal ist es auch gut,
Verdächtige zu entlasten, auch wenn wir den Täter
noch immer nicht haben."

2

Frau Szabinski wurde in einem weißen Sarg unter
die Erde gelassen.

Witwer Martin saß völlig kraftlos davor, und
verfolgte das grausame Schauspiel des würdigen
Abschieds.

Seine Erlebnisse der letzten Wochen, hatten seinen
Körper und Geist geschwächt.

Er konnte kaum mehr laufen, so mitgenommen
war er.

Alles Erlebte hatte ihn dem Tod nähergebracht.

Ohne Helga war sein Leben nur noch eine
Existenz.

Die Farben waren verblasst und er sah die Welt
wieder in graueren Tönen.

Jetzt mied er das Wachsein um jeden Preis, nahm
sogar Schlaftabletten, um noch länger schlafen zu
können.

Dies alles schwächte seinen Körper immer mehr,
und vielleicht war es ja auch das, was er sich
insgeheim wünschte.

Vielleicht wollte Herr Szabinski dem Leben langsam entrinnen.

Herr Gottnochamal und Herr Bert waren, aus Anstand, auch zu der Beerdigung erschienen, und reichten dem Herrn Szabinski die Hand.

Auch Konrad Konnie Konradson sprach dem Witwer sein Beileid aus.

Ansonsten wurde vor allem geschwiegen.

Jedes Wort war jetzt überflüssig.

Es gab eigentlich keinen Trost.

3

Herr Bert war wieder aus dem Krankenhaus entlassen worden.

Am gleichen Tag, wie Martin Szabinski, doch sie waren einander im Krankenhaus wieder nicht über den Weg gelaufen.

Herrn Berts Lunge ging es soweit gut.

Ihm wurde davon abgeraten zu rauchen, was Herr Bert sowieso höchst selten getan hatte.

Darauf also musste er ab jetzt verzichten.

Vom Trinken hatten die Ärzte aber nichts gesagt- guter Wein schien die Lunge nicht zu stören.

So konnte Herr Bert seinen Genuss einfach auf den Alkohol ausweiten, und jeglichen Tabakkonsum einfach sein lassen.

„Was ist, wenn ich Nikotin auf andere Art zu mir nehme?", hatte er den Arzt dann noch gefragt, „Als Schnupftabak oder als Kautabak?"

„Ja, das sollte kein Problem sein.", hatte ihm der Arzt dann zugezwinkert, „Nur dem Rauch müssen Sie fernbleiben. Sie müssen ab jetzt wirklich auf ihre Lunge aufpassen. Außerdem sollten Sie so viel spazieren gehen, wie nur möglich. Nichts heilt die Lunge mehr, als frische Luft."

Herr Bert folgte diesem Ratschlag, als er sich mit Konrad auf einen Spaziergang machte.

„Was ist eigentlich mit ihrem Kopf passiert?", fragte Konrad.

„Ach, das ist nur eine neue Frisur.", sagte Herr Bert.

An seiner neuen Frisur ließ er allerdings kein gutes Haar: "Etwas kürzer habe ich zum Friseur gesagt und dann hat er mir eine Glatze geschnitten."

"Wollen wir den Friseur verklagen?"

"Also, wenn das möglich ist, wäre das schon eine gute Idee.", meinte Herr Bert.

Konrad hatte eine kleine Plastiktüte dabei, in welcher sich die Taubenfeder befand.

Jene, die man in Szabinskis Briefkasten gefunden hatte.

„Vielleicht ist das ein Symbol. Ein Zeichen.", sagte Konrad zu Herrn Bert.

„Vielleicht.", meinte der nur, „Wo ist eigentlich
Herr Gottnochamal?"

„Der hat keine Lust auf so lange Spaziergänge, der
hält sie für Zeitverschwendung."

„Also glaubt er nicht an Ihre Taubenfeder-
Theorie?", wollte Herr Bert wissen.

Konrad antwortete: „Er wollte das eben uns
überlassen. Er hat sowieso noch Überstunden und
gönnt sich deshalb heute einen freien Tag."

„Verstehe, verstehe.", meinte Herr Bert nur.

Dann ließ Konrad einen kleinen Hund an der
Plastiktüte schnuppern, an der Taubenfeder eben.

Als der Hund dann loszulaufen begann, liefen
Konrad und Herr Bert dem Hund nach.

Die Hundeleine wurde stark gestreckt, da der
Hund sofort einer Spur zu folgen schien.

Als der Hund dann nach einer Weile stehen blieb,
gab Konrad ihm wieder das Tütchen mit der
Vogelfeder zu schnuppern.

Dann ging die Suche auch schon wieder weiter.

4

Inzwischen waren Konrad und Herr Bert in einem Waldgebiet angekommen, das beide noch nicht einmal vom Sehen her kannten.

Nun aber mussten sie durch den Schlamm stapfen, nur um dem Hund zu folgen, der eifrig einer Spur zu folgen schien.

Immer wieder roch der kleine, süße Yorkshire Terrier an der Taubenfeder, ehe er wieder zu seiner Suche aufbrach.

Der Hund sollte eigentlich der Spur folgen, legte sich aber auf halber Strecke einfach auf den Boden und begann dann zu träumen.

„Der Fährtenhund schläft schon wieder.", sagte Herr Bert zu Konrad.

„Das ist kein Fährtenhund.", erklärte Konrad.

„Laufen wir ihm nicht seit Stunden hinterher, weil er eine Spur aufgenommen hat?"

„Nein, wir gehen gerade spazieren.", sagte Konrad und wunderte sich über die Frage.

Sie waren inzwischen einige Kilometer durch jede Menge Schlamm und Matsch gelaufen, und waren nun irgendwo im Nirgendwo angekommen.

Der Hund lag mitten im Dreck und schnarchte.

„Also, ich gehe jetzt wieder nach Hause.", sagte der gute Herr Bert, der gerade den wenigen Glauben den er noch an die Menschheit hatte, zu verlieren glaubte.

„Was haben Sie denn? Wir verbinden doch so eine schöne Zeit gemeinsam."

Herr Bert schüttelte wortlos den Kopf, blickte von Konrad zum Hund und wieder zurück, und dann schaute er auf die Spuren im Matsch, und spielte mit dem Gedanken alleine wieder umzukehren.

„Was hat er denn auf einmal?", fragte Konrad den Hund, der jetzt wieder herumtollte und sich im Schlamm wälzte.

5

Der Chefermittler konnte seine freien Tage kaum genießen, weil der Fall ihn so beschäftigte.

Besonders die eindringlichen Worte Konrads schallten ihm noch durch die Ohren.

Gottnochamal hatte ein schlechtes Gewissen und so war überhaupt keine Entspannung für ihn möglich.

Deshalb vergaß er seine freien Tage, und gab sich wieder seiner Arbeit hin.

Nach einem Anruf auf dem Grundbuchamt, hatte er den Namen des Besitzers des Hochhauses in der Bruchbudenstraße herausgefunden.

Es handelte sich dabei um Nevin Gier.

Da Nevin einer reichen Familie entsprang, fiel es Gottnochamal leicht, ein paar Nachforschungen anzustellen.

Nevins halbes Privatleben fand unter den Augen der Öffentlichkeit statt.

Alle paar Monate konnte man über ihn in den Klatschblättern lesen, die seine tragische

Geschichte ausschlachteten, um ein paar mehr Zeitschriften zu verkaufen.

Fremdes Leid war eben gern gelesen.

Ferne Tragik beruhigte das müde Volk.

Nevin war der jüngste Sohn unter seinen Geschwistern und ein degenerierter Alkoholiker.

Es war nicht seine Schuld, denn er brauchte eine Möglichkeit, seine Gefühle zu übertönen.

Einmal hatte er Gefühle, bis er erfuhr, dass sie in der Familie, in welche er geboren worden war, nicht willkommen waren.

Seine Familie war gefühlsfeindlich.

Seine Eltern kannten Emotionen nur von anderen Menschen, und ekelten sich beinahe davor.

Vor den anderen Menschen und ihren Emotionen.

Nevin hatte das Pech, kein Psychopath zu sein, deshalb musste er lernen, ein Soziopath zu werden.

Er versuchte es immerhin, aber es gab etwas, das ihn von seinen Eltern und seinen Geschwistern unterschied:

Er hatte ein Gewissen.

Es war ein Fehler, Nevin Gier sein zu müssen.

Seien wir ehrlich: er hatte nie eine Chance.

Nevin versuchte immer, Teil seiner Familie zu sein und gleichzeitig versuchte er, wie die anderen zu sein, das heißt: wie die normalen Menschen.

Seine Leber litt ebenso wie sein Herz.

Sein Gehirn war immer noch schnell, aber die meiste Zeit sprach er nicht einmal seine eigene Wahrheit.

Bei Familientreffen hielt er den Mund, wenn über echte Themen gesprochen wurde.

Wenn es um nichts ging, dann konnte er immerhin mitreden.

Vielleicht gelang es ihm dann, die anderen zu unterhalten, einen Psychopathen zum Lächeln bringen und darin eine gewisse Bestätigung finden.

Er brauchte etwas, auf das er stolz sein konnte.

Eigentlich brauchte er jemanden.

Nevin verbrachte seine Tage damit, nichts zu tun, und seine Nächte damit, Wein zu trinken.

Vielleicht war er zu sehr auf sich allein gestellt.

Vielleicht war er einsam, weil er allein war.

Er mied das Leben, versuchte, sich selbst weniger zu fühlen, und mit jedem neuen Erwachen verfiel er tiefer in den Schmerz.

Sein Großvater hatte eine Anwaltskanzlei gegründet, und seinen Vater später zum Partner gemacht.

Gier und Gier hatte inzwischen Niederlassungen in 23 Städten, verteilt über die ganze Welt.

Diese Anwälte konnte man sich nur leisten, wenn man ein Unternehmen oder aber ein Multimillionär war.

Und für den Multimillionär war es dann schon eher eine knappe Sache, bei fast zu knapper Kasse.

Die Geschäfte mit dem Gesetz brachten Familie Gier mehr Geld, als sie investieren konnten.

Das Geschäft funktionierte inzwischen nämlich ohne die Familie.

Sie besaßen die Kanzlei zwar noch, waren aber nicht mehr wirklich daran beteiligt.

Nevin dachte viel darüber nach, nicht zu existieren.

Es war sein geheimer Traum.

Etwas, das ihm gehörte.

Der Tod wurde zu seinem Wunsch, während seine Liebe und sein Hass sich mit jedem neuen Tag immer näher kamen.

Er wollte entweder betrunken oder tot sein.

Zumindest hatte er eine Wahl.

Gottnochamal hatte die Anschrift des jungen Millionärs herausgefunden, und wollte ihm unangekündigt einen Besuch abstatten.

Der junge Millionär wohnte in einem kleinen Haus, das niemanden vermuten ließ, dass darin ein reicher Mann wohnte.

„Das Haus in der Bruchbudenstraße gehört mir, ja.", erklärte Nevin, „Ich habe es als Deal bekommen."

„Als Deal?", fragte Gottnochamal.

„Ja, mein Vater wollte mich aus dem Testament heraushaben."

„Oh."

„Deshalb hat er mir das hässlichste Haus der Stadt geschenkt, und jetzt bin ich enterbt."

„Warum denn das?", fragte Gottnochamal.

„Das müssen Sie ihn fragen.", meinte Nevin, „Er kann mich einfach nicht leiden, das konnte er nie."

„Wieso nicht?"

„Ich hatte kein Interesse an seiner Anwaltskanzlei, also das hatte ich nie. Er wollte eben, dass alle seine Kinder Jura studieren. Ich hatte zwar mal ein solches Studium angefangen, aber früh wieder abgebrochen. Ich bin einfach kein Anwalt und möchte auch keiner werden."

„Und deshalb hat Ihr Vater Sie enterbt?"

„Ich denke schon.", meinte Nevin Gier, „Alle meine Geschwister sind Juristen. Keiner von denen ist enterbt worden."

„Nun, es gab da immer wieder Berichte in Zeitungen über Ihren Lebensstil."

„Gut, ich trinke eben.", sagte Nevin und schenkte sich etwas Rotwein in das Glas nach.

Dem Chefermittler hatte er derweil Tee angeboten.

Gottnochamal verbrannte sich am heißen Tee die Zunge und fragte: „Glauben Sie nicht, dass Ihr Vater Sie wegen all dieser schlechten Presse enterbt hat? Weil es dem Geschäft vielleicht schadet?"

Neven schmunzelte: „Ich kann verstehen, dass Sie das denken, aber ich habe Geschwister, die nehmen viel schlimmere Drogen, und davon taucht nie etwas in den Zeitungen auf."

„Wollen Sie etwa andeuten, dass Ihr Vater diese Informationen über Sie an die Presse durchgestochen hat?"

„Das habe ich nicht gesagt. Ich meine nur, dass mein Vater bei jeder schlechten Presse gleich einen Anwalt aus der Kanzlei darauf ansetzt, oder eine Unterlassungserklärung rausschickt.", erklärte Nevin, „Nur bei schlechter Presse über mich lässt er die Zeitungen alles schreiben. In der Hinsicht hat mich mein Vater geopfert."

„Wie meinen Sie das?", fragte Gottnochamal.

„Kennen Sie den kleinen Tod?", fragte Nevin Gier.

Chefermittler Gottnochamal schüttelte mit dem Kopf.

„Der kleine Tod ist ein Tod, bei dem nur ein Teil von einem stirbt. Man lebt aber weiter. Der kleine Tod ist das entnehmen eines Splitters, der zuvor als wichtige Glasstruktur des Bewusstseins galt. Dann aber zerbrochen muss der Splitter entnommen werden. Entnimmt man ihn nicht, schadet es immer mehr. Man wird diesen Schmerz niemals ganz ignorieren können, aber zumindest können sich betroffene Personen mit der Zeit daran gewöhnen. Sie werden diesen Splitter aber niemals lieben. Sie werden ihn auch immer als etwas Fremdes betrachten. Denn der Splitter ist nicht von selbst entstanden. Und auch nicht durch eigene Hand. Da war es immer eines anderen Schuld, dass das Glas des Geistes zerbrach und sich zersplitterte. Das Glas war feste Überzeugung. War Wissen, das man als gewiss erachtete. Man lehnte sich dagegen, um nicht zu stürzen- so überzeugt war man davon. Aber es bestand trotz alledem aus Glas. So traute man vor allem aus Gewohnheit, und nicht aus Wissen. Zerbrochene Überzeugung bohrte sich dann in das eigene Fleisch. Zumeist wurde man davor gegen das Glas gestoßen, oder ein anderer trat mit seinen Schuhen und mit aller Kraft dagegen. Die ersten Tage mit den Splittern im Fleisch waren die schmerzhaftesten. Und niemand wollte wirklich helfen, und sich die Finger blutig machen. Entweder man befreite sich selbst von diesen Splittern, oder man lernte mit ihnen zu leben. Man wählte zwischen dem langen und dem schnellen Schmerz."

7

Das Selbstmitleid des schwarzen Schafes des Gier-Familienclans löste bei Gottnochamal gemischte Gefühle aus.

Zum einen hatte er natürlich Mitleid mit Nevin.

Zum anderen war Nevin ja trotzdem bestimmt noch wohlhabend.

„Wieviel Geld haben Sie eigentlich?", platzte es Gottnochamal heraus, „Ich meine, Sie müssen ja schon etwas angespart haben, bevor Sie enterbet wurden."

„Ich habe genug Geld.", sagte Nevin, „Auch wenn ich nichts mehr erben werde. Vielleicht wird es im Alter knapp, aber ich habe nicht vor allzu alt zu werden. Außerdem wird meine Gesundheit das sowieso nicht mehr so lange mitmachen. Also wird mein Erspartes mir ein Leben lang reichen. Ohne, dass ich jetzt irgendetwas machen müsste."

„Verstehe.", murmelte der Chefermittler, „Lassen Sie uns nun über das Hochhaus in der Bruchbudenstraße sprechen, das Ihnen gehört."

„Was ist damit?", wollte Nevin wissen, „Es ist ein hässlicher Betonklotz, der mir nichts bedeutet."

„Sonst nichts?"

„Sonst nichts."

„Und warum haben Sie sich dann auf diesen Deal eingelassen?", fragte Gottnochamal.

Nevin meinte: „Jetzt habe ich immerhin Ruhe vor meiner Familie. Mit denen habe ich jedenfalls nichts mehr zu tun. Ich will meinem Vater eigentlich nie wieder in meinem Leben begegnen. Außerdem lässt es sich mit den monatlichen Mieteinnahmen sehr gut leben."

„Hassen Sie Ihren Vater?"

„Nein.", sagte Nevin, doch der Polizeichef war sich nicht sicher, ob er ihm das abkaufen konnte, „Hass ist kein Bestandteil meines Lebens. Höchstens der Hass auf mich selbst."

„Haben Sie von den jüngsten Vorkommnissen von dem Hochhaus gehört?", fragte Gottnochamal.

„Sie meinen den Feueralarm?", fragte Nevin.

„Ich meine die tödliche Schlangenattacke und ja,
auch das Feuer.", antwortete der Chefermittler.

„Schlangenattacke?", fragte Nevin, „Das kann
nicht sein. Der Besitz von Haustieren ist allen
Bewohnern streng untersagt! Ich selbst durfte als
Kind schließlich auch nie ein Haustier haben,
deshalb dürfen die das auch nicht!"

„Es war kein Haustier. Der Schlangenbiss wurde
von einer fremden Schlange verübt- die lebt jetzt
bei meinem Assistenten."

„Nun, in jedem Haus gibt es Unfälle.", meinte
Nevin.

„Wir gehen derzeit von Mord aus.", erklärte
Gottnochamal.

„Mord?", fragte Nevin, „Wieso das denn bitte?"

„Nun, alles deutet eben darauf hin. Wir glauben,
dass die Schlange töten sollte, und auch der Rauch
des Feuers.", sagte Gottnochamal, „Wir gehen
auch davon aus, dass die Morde mit der Immobilie
zu tun haben."

„Mit dem Hochhaus in der Bruchbudenstraße 11?", fragte Nevin Gier, „Glauben Sie mein Vater hat damit zu tun?"

„Glauben Sie das denn?"

Nevin Gier schwieg darauf nur.

Nach einer Weile sagte er noch: „Ich traue ihm zwar alles zu, aber nur mit einem Motiv. Was hätte er denn davon, dass in meinem Hochhaus Leute sterben?"

„Vielleicht will er es zurück.", sagte Herr Gottnochamal leise, „Wie wichtig sind Ihnen eigentlich die Bewohner des Hochhauses, Nevin- ich darf doch Nevin sagen?"

Nun blickte Nevin Gier fast etwas erschrocken drein, überlegte einen Augenblick und meinte dann: „Alles Weitere wird dann meine Anwältin mit Ihnen bereden."

„Haben Sie etwa Angst?", wollte Herr Gottnochamal wissen.

„Angst nicht. Ich habe nur einfach genug.", meinte Nevin.

8

Das Waldgebiet kam zu einem Ende.

Herr Bert hatte kein Wort mehr gesprochen, dafür hatte er aber Konrad leise verflucht.

Mit jedem Schritt hasste er ihn ein wenig mehr, zumindest ärgerte er sich über den Detektiv, den er nun vor allem als nervig und idiotisch wahrnahm.

Zuvor hatte er immerhin noch geringe Sympathien mit ihm gehabt.

Nun aber, nachdem die beiden Stunden lang diesem Hund hinterhergelaufen waren, verging Herrn Bert so langsam die Geduld.

Immer mal wieder blieb der Hund auch wieder mal sitzen, und Konrad gab ihm dann immer ein Leckerli, um ihn zum Weitersuchen zu animieren.

„Ich dachte, der ist gar kein Fährtenhund."

„Es ist der Hund meiner Mutter, er hat ein ganz feines Näschen.", antwortete Konrad.

Herr Bert war sprachlos, bis es ihm endlich gelang sein eigenes Schweigen zu durchbrechen: „Wie

will dieser Hund denn bitte die Spur einer Taube
aufnehmen? Es ist ja nicht so, dass Tauben auf dem
Boden laufen. Konrad, ich hoffe Sie wissen, dass
Tauben sich vornehmlich in der Luft aufhalten."

„Natürlich weiß ich das.", antwortete Konrad, „Ab
und an aber, da verliert ein Vogel auch mal eine
Feder."

Der Yorkshire Terrier blieb auf einmal stehen und
bellte.

Er kratzte dabei mit seinen Vorderpfoten über den
dreckigen Boden.

„Sehen Sie!", sagte Konrad, „Schon hat er eine
Feder gefunden!"

Der Detektiv hob die Vogelfeder, die der Yorkshire
Terrier gefunden hatte, vom Boden auf und wog
sie zwischen seinen Fingerspitzen.

„Eindeutig eine Taubenfeder.", sagte Konrad und
legte sie zu der anderen in die Tüte.

„Aber das heißt doch noch lange nicht, dass es die
Feder von ebenjener Taube ist. Von genau der
Taube, die zu ihnen geflogen war."

„Dem kann ich nicht widersprechen.“, gab Konrad daraufhin zu, „Aber wir müssen jetzt der Spürnase unseres Fährtenhundes vertrauen. Wenn man sonst keine Spur hat, muss man eben jener folgen, die zu Beginn vielleicht nicht ganz so zuverlässig scheint.“

Herr Bert nickte stumm.

Dann gingen sie weiter und vertrauten auf die Gabe des Yorkshire Terriers, verschiedene Taubenfedern vom Geruch her unterscheiden zu können.

Es dauerte unzählige Schritte, bis der Hund wieder stehen blieb, bellte, und zu buddeln begann.

Dort lag dann die nächste Feder.

So ging es immer weiter und tatsächlich füllte sich Konrads Tüte mit immer mehr Taubenfedern, auch wenn es ewig dauerte und deshalb eiserne Geduld erforderte.

Auch fiel Herrn Bert und Konrad auf, dass der Hund an manchen Federn stillschweigend vorbeilief.

„Das heißt, dass er unter verschiedenen Tauben unterscheiden kann!", behauptete Konrad, ohne dies beweisen zu können.

Mit jeder gefundenen Taubenfeder, die in der Tüte landete, wurde Konrad ein wenig zufriedener, Herr Bert ein wenig genervter, und der Yorkshire Terrier ein wenig erschöpfter.

Inzwischen waren sie an einem Industriegebiet angekommen. Der Yorkshire Terrier begann zu bellen, ohne dass eine Feder in Sicht gewesen wäre.

„Was hat er denn auf einmal?", fragte Herr Bert.

„Vielleicht endet hier die Spur."

„Vielleicht.", murmelte Herr Bert.

„Jetzt darfst du nicht bellen!", flüsterte Konrad zum Hund, der sogleich ruhiger wurde.

Konrad ging in die Hocke und legte sich schließlich mit dem Bauch auf den Boden.

Seine Begleiter taten es ihm gleich.

Hinter Gestrüpp und großen Recycling-Tonnen für Glasabfälle, waren sie nun nicht mehr so leicht ausfindig zu machen.

„Schauen Sie mal da vorne.", flüsterte Konrad zu Herrn Bert.

„Was soll denn da sein?"

Konrad wies in Richtung des Industriegebiets: „Sehen Sie die beiden Männer dort?"

„Die Raucher?", fragte Herr Bert.

„Ja, haben Sie die schon einmal gesehen?"

Herr Bert schüttelte den Kopf: „Woher auch? Ich weiß nicht einmal, wo wir uns hier befinden."

„Die beiden stehen sich gegenüber. Sie sagen kein Wort zueinander, die ganze Zeit über nicht. Sie stehen einander gegenüber, schweigen sich an, und rauchen.", meinte Konrad, „Ist das nicht merkwürdig?"

Herr Bert, Konrad und der kleine Hunde beobachten die beiden Raucher, heimlich und aus sicherer Entfernung, so als würden sie gerade einem Verbrechen auf der Spur sein.

„Gut, da stehen also zwei Raucher, die Anzug tragen und kein Wort sagen.", meinte Herr Bert, „Aber was ist daran jetzt so ungewöhnlich?"

„Also wenn das noch nicht ungewöhnlich ist, dann weiß ich auch nicht! Warum schweigen sie sich denn immer an? Warum spricht keiner von ihnen auch nur ein Wort?", fragte Konrad.

„Vielleicht sind sie stumm?", meinte Herr Bert, „Oder taub-stumm?"

„Dann würden sie doch wenigstens die Gebärdensprache können, oder?", entgegnete Konrad.

„Vielleicht haben sie erst vor kurzem ihr Gehör verloren?", meinte Herr Bert in einem Anflug müder Dümmlichkeit, „Und sie können einfach noch keine Gebärdensprache. Ja, vielleicht haben sie beide bei demselben Unfall das Gehör verloren!"

„Sprechen Sie nicht weiter, sonst sind sie der drittklügste hier in unserer Gruppe.", sagte Konrad.

„Aber möglich wäre es doch.", verteidigte sich
Herr Bert, „Es gibt ja schließlich nichts, was es
nicht gibt."

Konrad nickte zwar, war aber nicht überzeugt:
„Also, da steckt doch mehr dahinter. Die beiden
sind keine gewöhnlichen Menschen. der Hund hat
uns ja wohl auch nicht ohne Grund hierhergeführt.
Die beiden stummen Raucher, in Anzug und
Krawatte, die sind selbst für meinen Geschmack zu
exzentrisch."

Herr Bert wollte erst noch widersprechen, doch
dann sah er, wie einer der beiden sich direkt
wieder eine neue Zigarette ansteckte, sobald er
seine vorige Zigarette zu Ende geraucht hatte.

„Konrad, Sie haben Recht. Irgendetwas stimmt
hier ganz und gar nicht."

„Die rauchen aber merkwürdig.“, sagte Konrad Konradson, „Achten Sie nur mal auf die Details. Vor allem: wenn einer von den beiden am Zug ist, an seiner Zigarette zieht, dann wartet der andere. So etwa habe ich noch nie gesehen. Normalerweise raucht man gleichzeitig, also man wartet zumindest nicht, bis der andere mit seiner Zigarette gerade eine kleine Pause einlegt. Schließlich haben beide ja eine Zigarette in der Hand. Die sprechen ja sowieso nicht miteinander.“

Konrad, Herr Bert und der Yorkshire Terrier lagen gespannt auf ihrem Beobachtungsposten, und ließen die Szenerie für keinen Moment aus dem Blick.

„Da geht etwas vor sich.“, sagte Konrad, „Es ist wie eine stille Kommunikation.“

„Aber die reden doch gar nicht.“, sagte Herr Bert.

„Man muss nicht immer reden, um zu kommunizieren.“, antwortete Konrad.

„Was soll das überhaupt bedeuten?“, fragte Herr Bert.

„Na, das ist eine Geheimsprache!", sagte Konrad, „Ich glaub, ich hab das Rätsel geknackt! Geben Sie mir schnell Stift und Papier!"

10

Herr Bert griff in seine Jackentasche und reichte
Konrad einen kleinen Block und dazu einen
Kugelschreiber. Konrad betrachtete die beiden
Raucher. Dann kritzelte er -in kurzen Abständen-
Buchstaben auf das Papier.

F

U

E

N

F

„Tatsächlich!", sagte Konrad, „Das kann kein
Zufall sein."

Dann, mit Blick auf den anderen Mann, der nun zu
rauchen begann, schrieb Konrad:

L

E

B

T

„Ja, der eine hat irgendetwas mit ‚Fünf‘ gesagt, und der andere hat irgendetwas mit ‚Lebt‘ geantwortet.“, sagte Konrad.

„Keiner von beiden hat irgendetwas gesagt!“, widersprach Bert.

„Die beiden verwenden einen ganz einfachen Morsecode!“, erklärte Konrad, „Statt elektrischer Impulse kommunizieren sie eben über die Art und Weise, wie sie die Zigaretten rauchen. Haben Sie nicht gemerkt, dass die beiden entweder lange oder eben kurz an der Zigarette ziehen. Deshalb sieht das Ganze auch so merkwürdig aus. Die Rauchzeichen sind im Morsecode verfasst. Jetzt zum Beispiel, antwortet der andere wieder, sehen Sie genau hin. Lang-kurz-kurz und Pause, das ist ein ‚D‘. Jetzt zieht er nur einmal kurz an der Zigarette, und macht wieder eine Unterbrechung. Das ist ein ‚E‘. Kurz, lang. Pause. Das ist ein ‚A‘. Kurz, lang, kurz, kurz. ‚L‘. DEAL. Er hat DEAL gesagt. Und jetzt werfen sie ihre Zigarettenstummel auf den Boden, ich glaube, das Gespräch ist damit beendet.“

„Wirklich faszinierend.“, bemerkte Herr Bert und nahm den kleinen Notizblock staunend in seine Hände, „Fünf, Lebt, Deal. Die haben also

tatsächlich miteinander kommuniziert. Also
Konrad. Sie müssen mir einmal diesen Morsecode
beibringen. Ich muss zugeben, dass ich erstaunt
bin. Ich vergebe Ihnen auch den endlosen
Spaziergang hierher."

11

Am nächsten Tag trafen sich Polizeichef
Gottnochamal, Herr Bert, Konrad und der
Yorkshire Terrier auf der Polizeizentrale.

„Ich habe das Rätsel gelöst.", sagte Herr Bert zu
dem Polizeichef.

Dann berichtete er seinem Chef davon, lüftete das
Geheimnis, und Herr Gottnochamal war sichtlich
zufrieden.

Er schmunzelte und war stolz auf seinen
Assistenten.

„Sehr gut gemacht.", sagte er, und schüttelte
seinem Assistenten überschwänglich die Hand,
„So geht gute Polizeiarbeit, und ich werde ganz
bestimmt über eine Beförderung nachdenken."

„Moment!", schnaubte Konrad und war
fassungslos darüber, dass sich Herr Bert mit
fremden Federn schmückte, ohne auch nur rot zu
werden, „Ich habe diesen Fall gelöst! Ich habe die
Rauchzeichen durchschaut und ich war es, der
darin den Morsecode erkannt hat! Denn ich habe
als Kind einmal den Morsecode studiert, weil die
anderen Kinder nie mit mir spielen wollten!

Deshalb hatte ich Zeit, mir so ein Nischenwissen anzueignen, das mir jetzt besonders nützlich war."

„Aber Konrad.", begann der Polizeichef, „Jetzt gönnen Sie Herrn Bert doch seinen Erfolg. Es gibt jetzt keinen Grund, so eifersüchtig zu sein!"

„Haben Sie nicht gehört, was ich gesagt habe?", meinte Konrad voller Empörung, „Ohne mich, wer dieses Rätsel doch gar nicht gelöst worden!"

Herr Bert stand einfach nur still daneben und lächelte müde.

Konrad sah verzweifelt und zudem auch ein wenig wahnsinnig aus, was Herrn Bert gerade recht kam.

„Es ist ja auch egal, wer das Rätsel jetzt gelöst hat.", meinte der Polizeichef versöhnlich, „Die Hauptsache ist doch, dass das Rätsel überhaupt gelöst wurde. Wer jetzt wieviel zur Lösung beigetragen hat, ist doch zweitrangig. Sie haben bestimmt auch ganz toll mitgeholfen, Konrad.", sagte der Polizeichef.

„Nein!", rief Konrad, und in Richtung von Herrn Bert schnaubte er: „Ihnen werde ich nicht noch einmal helfen, Sie undankbarer…"

Das letzte Wort sprach er nicht aus, sodass sich jeder nach Belieben etwas denken konnte.

Dann stapfte Konrad wütend davon und ließ die beiden Polizisten zurück.

Der Yorkshire Terrier folgte dem Detektiv.

Konrad hatte genug davon, wie ein Idiot behandelt zu werden, vor allem wenn er einmal etwas gut gemacht hatte.

Nein, auch Konrad hatte nicht endlose Geduld mit den Ungerechtigkeiten dieser Welt.

Auch er wollte sich nicht alles gefallen lassen!

12

Herr Bert blieb auf der Polizeistation, während Herr Gottnochamal dem Detektiv hinterherlief.

„Jetzt bleiben Sie doch stehen!", rief der Polizeichef unserem Konrad hinterher.

Der Detektiv lief schnellen Schrittes, wollte er doch jeglicher Belehrung schnell entfliehen.

„Konrad! So bleiben Sie schon stehen!", rief Gottnochamal.

Erst draußen, vor der Polizeiwache konnte er den Detektiv einholen.

„Wir arbeiten hier nicht gegeneinander, sondern zusammen an einem Fall.", sagte er zu Konrad.

„Ich habe das Rätsel mit der Geheimsprache gelöst!", zischte Konrad, „Herr Bert kann ja noch nicht einmal den Morse-Code."

„Dann haben Sie das eben gelöst.", meinte der Chefermittler, „Was tut denn das zur Sache? Wir müssen doch jetzt gemeinsam herausfinden, was es damit eigentlich auf sich hat."

Kurz schwiegen sich die beiden an, ehe Konrad dann sagte: „Vermutlich haben Sie Recht.“

„Sie müssen lernen, den Kampf zu genießen, ansonsten vergessen Sie das mit dem Detektiv-Sein ganz schnell wieder.“, sagte Gottnochamal zu Konrad.

Der stand da und schwieg, und vielleicht hatte er den Satz sogar verstanden.

Konrad verstand nicht viel, aber wenn er einmal etwas verstand, verstand er es wirklich.

Und er vergaß es dann auch nicht mehr.

In der Hinsicht war er wie ein Schüler, der zwar nie seine Hausaufgaben machte, im wichtigen Moment aber die richtige Antwort zu geben wusste.

Konrad wusste, um all die ungelösten Rätsel.

Jene Rätsel, deren Existenz noch nicht einmal bekannt war.

Da man auch nichts aufklären kann, was nicht bekannt ist, blieben sie für immer dann verschollen.

Stille Verbrechen sind es, die niemals gesühnt werden.

Deren Opfer niemals Gerechtigkeit finden werden, da das Umfeld nicht existiert, oder aber einfach nicht interessiert ist.

Darum wollte er wenigstens jene Mysterien aufklären, deren Existenz ihm bekannt war.

„Fünf, Lebt, Deal kann ja alles bedeuten.", sagte Konrad, „Gelöste Rätsel verlieren schnell an ihrer Faszination. Es sind nur die Details, die uns wieder in sie hineinziehen und uns wieder und wieder zum Nachdenken bringen."

„Konrad, dieses Rätsel ist ja wohl noch lange nicht gelöst!", entgegnete Gottnochamal, „Fahren Sie nochmal ins Industriegebiet und schauen sich dort nach Auffälligkeiten um. Beobachten Sie, ob die beiden Herren wieder da sind, und ob die wieder verschlüsselt miteinander kommunizieren. Und nehmen Sie Herrn Bert mit, falls es brenzlig wird."

„Und was machen Sie in der Zeit?", fragte Konrad.

„Ich werde mich mit dem Vater von Nevin Gier unterhalten. Von dieser Anwaltskanzlei Gier und Gier. Ich möchte herausfinden, ob er das

Hochhaus in der Bruchbudenstraße zurückhaben möchte. Und, ob ihm dafür alle Mittel recht sind."

Kapitel Vier: Kinz&Hunz

1

„Herr Bert nehme ich ganz bestimmt nicht mit",
dachte Konrad, als er alleine mit dem Auto in das
Industriegebiet fuhr.

Dieses Mal wollte er es sich genauer ansehen, und
nicht zu Fuß.

Nur der Yorkshire Terrier durfte ihn jetzt noch
begleiten.

Der hatte schließlich allein vom Geruch der
Taubenfeder dorthin gefunden, demnach musste
die Taube von dort losgeschickt worden sein.

„Dies könnte bedeuten, dass die Drohung an mich,
genau von hierher kam. Und damit auch der
Mörder.", mutmaßte Konrad.

Sein VW rollte langsam an den Metall-
verarbeitenden Hallen vorbei.

Etwas dahinter wurde in großen Mengen
Schmieröl umgefüllt.

Das alles war nicht weiter auffällig, dachte
Konrad.

„Wer hält hier schon eine Brieftaube?", fragte sich der Detektiv, „Wer ist hier ein Mörder?"

Er blickte in den Rückspiegel und konnte ein paar Arbeiter in Schutzwesten sehen.

Vorne rechts war ein kleiner Gabelstapler, der eine Palette auflud.

„Das ist eben ein Industriegebiet.", dachte Konrad, „Es mag vielleicht manchmal etwas laut sein, aber an sich ist es auch friedlich."

Er parkte seinen VW auf einem leeren Mitarbeiterparkplatz und ging zu Fuß weiter.

In Großbuchstaben war „KINZ&HUNZ" zu lesen, auf allen Seiten des Komplexes.

2

Der Polizeichef genoss derweil eine Privataudienz bei Nathaniel Gier.

„Sie sind also der Vater von Nevin Gier?", fragte Gottnochamal.

Nathaniel Gier machte ein erbostes Gesicht, nickte dann aber immerhin langsam: „Leider ja. Vor allem bin ich aber Nathan Gier, der Anwalt ihres Vertrauens. Sie haben mir bei Ihrem Anruf gar nicht gesagt, was Sie eigentlich wollen. Worum geht es also?"

„Es geht um die Wahrheit."

„Dann sollten Sie nicht mit einem Anwalt reden.", scherzte Nathaniel und bot dem Chefermittler eine Zigarre aus dem Humidor an.

Herr Gottnochamal lehnte dankend ab, er wusste, dass er sich noch nicht einmal den übergroßen Glas-Aschenbecher leisten konnte, der das Arbeitszimmer des Anwaltes schmückte.

Nathan Gier zündete sich also selbst eine Zigarre an.

Während der gesamten Unterhaltung nippte und zog er daran, genoss den Rauch, und bewies sich als erfahrener Zigarrenraucher.

Im Hintergrund lief klassische Musik.

„Wie ist ihr Verhältnis zu ihrem Sohn Nevin?", fragte der Polizeichef.

„Kaum vorhanden.", sagte Nathaniel, „Wir sehen uns vielleicht einmal im Jahr auf irgendeiner Familienfeier. Warum fragen Sie?"

„Wann haben Sie ihn zuletzt gesehen?"

„Letzte Weihnachten, glaube ich. Oder nein, da gab es so eine Benefizveranstaltung, auf der war er auch."

„Hassen Sie ihren Sohn?", fragte Herr Gottnochamal.

Nathaniel Gier erschrak ein wenig und war für ein paar Sekunden sprachlos.

3

Konrad flanierte entlang der Werkshallen.

Er hielt Ausschau nach Rauchern, die einander im Morsecode vollqualmten, konnte aber keine entdecken.

Besonders viel war sowieso nicht los.

Für einen Arbeitstag ging es schon sehr entspannt zu. Möglicherweise zu entspannt.

„Wenn die Taubenfeder mich hierhergebracht hat, dann müssen hier irgendwo Brieftauben sein.", dachte Konrad, „Zumindest eine. Irgendwo hier auf dem Gelände."

Er blickte sich um, und konnte am Himmel zwar ein paar Vögel fliegen sehen, aber Tauben waren das nicht. Es waren Krähen und Elstern.

Der namenlose Yorkshire Terrier folgte dem Detektiv auf Schritt und Tritt.

Dann beobachtete er einen Mann, der sich im Mercedes dem Industriegebiet näherte.

Er parkte direkt neben Konrads VW, welchen er kurz fragend ansah.

Dann ging er weiter, und Konrad ließ ihn in keiner Sekunde aus dem Blick.

Irgendwie kam ihm dieser Fremde bekannt vor.

Ja, irgendwie war der Fremde ihm gar nicht so fremd. Aber woher kannte er ihn?

Der Mann trug einen schwarzen Anzug, doch erst als er eine Schachtel Zigaretten aus seiner Tasche hervorzog, wurde Konrad klar mit wem er es zu tun hatte.

Es war einer der Morse-Code-Raucher.

Um nicht aufzufallen, ging Konrad ein paar Schritte weiter zurück, betrat dabei eine leere, offenstehende Werkshalle, und genoss die Schatten, in welchen er unerkannt blieb.

Dann trat ein zweiter Mann hinzu, der aus der Firmenzentrale von Kinz&Hunz herauskam.

Konrad erkannte auch ihn wieder.

Jetzt standen sich die beiden Raucher erneut gegenüber, wie am Tag zuvor. Konrad konnte sein Glück kaum fassen.

Er zog Stift und Notizblock hervor und
beobachtete das wortlose Gespräch.

M

O

R

G

E

N

Das sagte der eine.

E

I

N

S

A

T

Z

Das sagte der andere.

Konrad hing an den Rauchzeichen der beiden.

Er wollte kein einziges Symbol, keinen Buchstaben
verpassen.

1

M

I

L

L

I

O

N

Sagte der erste dann.

Der Detektiv kritzelte es schnell in sein Notizbuch.

Als nächstes ließen beiden Männer ihre Kippen
fallen und zertraten sie am Boden.

Dann gingen sie zurück, wo sie hergekommen
waren.

Ohne sich zu verabschieden, ohne auch nur ein Wort laut ausgesprochen zu haben.

Konrad überlegte, wem er von den beiden folgen sollte.

Ob er überhaupt einem von ihnen hinterherspionieren sollte.

„Was suchen Sie hier auf dem Gelände?", fragte plötzlich eine Stimme von hinten.

Konrad drehte sich erschrocken um.

4

„Nein, ich hasse Nevin bestimmt nicht.", erklärte
Nathaniel, „Ich bin höchstens ein bisschen
enttäuscht von ihm."

„Warum?", fragte Gottnochamal, „Weil er kein
Anwalt werden wollte?"

„Haben sie sich mit ihm unterhalten?", fragte
Nathaniel, „Denn danach klingt es. Wissen Sie,
Nathaniel hat Jura studiert, sehr ausgiebig, sehr
fleißig, und er hat fast bis zum Ende
durchgehalten. Ich weiß, dass er seine Probleme
hat mit…Abhängigkeiten, aber ich wollte ihm
helfen. Ich wollte ihm wirklich helfen, wir alle
wollten das. Und es gab keinen Grund, mit dem
Studieren aufzuhören- nicht so kurz vor seinem
Examen. Manchmal, da glaube ich, dass er nur mit
den Drogen angefangen hat, um kein Anwalt zu
werden."

Gottnochamal nickte langsam, allerdings mit leicht
verzerrtem Mundwinkel: „Jetzt klingen Sie wie ein
Psychologe, und gar nicht mehr wie ein Anwalt.
Müssten Sie ihren Sohn nicht verteidigen?"

„Ich greife ihn nicht an und ich verteidige ihn auch
nicht.", sagte Nathaniel und presste seine halb-

gerauchte Zigarre in dem Aschenbecher aus, wie es eigentlich kein Zigarrenraucher jemals tun würde, „Ich muss sie jetzt leider bitten zu gehen, Herr Gottnochamal, ich habe auch noch Termine.“

Gottnochamal erhob sich und reichte Herr Gier die Hand: „Was ist das eigentlich für eine schöne Musik, die hier läuft? Ich kenne mich mit klassischer Musik nicht allzu gut aus, wie ich gestehen muss.“

Die Freundlichkeit, gespielt oder echt, war längst aus dem Gesicht von Nathaniel Gier verblasst: „Irgendetwas von Tschaikowski vielleicht, ich bin da auch kein Experte.“

„Also für mich klingt das eher nach Beethoven.“, meinte Herr Gottnochamal.

„Ich dachte, Sie hätten keine Ahnung von klassischer Musik?“, fragte Nathaniel Gier.

„Warum wollen Sie unbedingt diese Immobilie?“

„Welche Immobilie denn?“, fragte Nathaniel.

„Na, die in der Bruchbudenstraße 11.“, erklärte Herr Gottnochamal.

„Was will ich denn bitte mit diesem hässlichen Hochhaus?"

„Sie kennen also diese Immobilie?"

„Selbstverständlich.", antwortete Gier, „Die hat einmal mir gehört."

„Und dann?"

„Ich habe sie meinem Sohn, Nevin, geschenkt. Er ist damit raus aus dem übrigen Erbe."

„Haben Sie ihn mit einer Schrottimmobilie dazu gebracht auf sein rechtmäßiges Erbe zu verzichten?", fragte Gottnochamal, „Haben Sie ihn enterbt?"

„Erstmal: es ist keine Schrottimmobilie. Die hat durchaus ihren Wert, vor allem wenn man das langfristig betrachtet. Sie stellen sehr persönliche Fragen, und bei manchen Fragen verbietet es auch der Anstand, sie zu stellen. Wie gesagt, ich habe jetzt auch noch Termine."

„Ich verstehe. Haben Sie von den Mordfällen gehört, die im Hochhaus der Bruchbudenstraße begangen wurden?"

„Nein.“, sagte Nathaniel, „Bitte sagen Sie jetzt
nicht, dass gegen meinen Sohn ermittelt wird.“

5

Konrad stand einem Mann der firmeneigenen Security gegenüber, der ihn um einen Kopf überragte.

Für einen Moment spielte Konrad mit dem Gedanken, einfach davonzulaufen.

Der Yorkshire Terrier bellte, doch der Detektiv ermahnte ihn still zu sein.

„Ich bin wegen den Tauben hier.", stammelte Konrad schließlich.

„Die Tauben vom Chef?", fragte der Security-Riese, „Was ist mit denen?"

Konrad hatte spekuliert und Glück gehabt.

„Ich sollte mir einen Vogel ansehen, der eine kleine Verletzung hat."

„Davon weiß ich nichts.", sagte der Security-Mann, „Sie sagen Sie kennen den Chef?"

„Ich habe ihn kennengelernt, da hatte er noch gar keine Tauben. Ich habe ihn erst auf die Idee gebracht.", log Konrad seine Geschichte weiter.

„Ein alter Bekannter also.", sagte der Security-Mann, und seine Stimme ließ nicht erkennen, ob er alle von Konrads Worten glaubte- oder nichts davon.

„Sie wissen also von den Brieftauben?"

„Ich muss die sogar füttern.", sagte der Riese, „Freche Tiere."

„Ja, man muss sie schon lieb haben.", sagte Konrad, „Ich wollte dem Chef auch noch andere Brieftauben zum Verkauf anbieten."

„Der Chef ist momentan außer Haus.", sagte der Riese, „Ich werde ihm sagen, dass Sie da waren, Herr…?"

„Nein, nein, ich komme einfach später noch einmal. An einem anderen Tag."

„Alles klar.", sagte der Security-Mann, „Und das nächste Mal melden Sie sich einfach an, ein Anruf genügt. Damit ich Bescheid weiß."

„Das ist hier ja ein Hochsicherheitstrakt.", witzelte Konrad und endlich schmunzelte der Riese ein wenig.

So langsam taute er doch noch auf: „Ja, das hat ja auch seine Gründe."

Konrad spürte, dass er nicht weiterfragen sollte.

Er konnte nicht riskieren, dass sein Lügengebilde jetzt noch einstürzen würde.

„Ich bedanke mich, und noch einmal Entschuldigung, dass ich hier einfach so aufgetaucht bin.", sagte der Detektiv.

„Ich habe alles im Blick, und wir haben ja jetzt geklärt worum es geht."

Konrad und der Yorkshire Terrier entfernten sich vom Gelände, stiegen in den VW und der Detektiv fuhr so schnell er konnte davon.

Als die Schriftzüge von Kinz&Hunz im Rückspiegel kleiner wurden und schließlich verschwanden, spürte Konrad wie ihm ein Schauder über den Rücken lief.

Er schluckte leer, als hätte er gerade eine Schlacht gekämpft.

Was genau er da heute recherchiert hatte, wusste er auch noch nicht.

Bevor er die Polizeistation ansteuerte, machte er
noch einen Abstecher beim Firmenregister auf dem
Gewerbeamt.

Ganz nah an einer Antwort war er, da war sich
Konrad sicher.

6

„Sind Sie und Konrad schon wieder da?", fragte Herr Gottnochamal, als er wieder auf der Polizeiwache eintraf, „Konnten Sie etwas Neues über das Industriegebiet herausfinden?"

Herr Bert schaute nur fragend drein, als hätte er keines der Worte verstanden.

Die Sonne war bereits am Untergehen, und so galt Herr Berts Aufmerksamkeit dem bald anstehenden Feierabend.

Er blickte seinen Chef an, sah wie dieser seinen Mund öffnete und wieder schloss, aber Worte wollte Herr Bert zuerst gar nicht hören.

„Wo ist Konrad denn?", fragte Polizeichef Herr Gottnochamal, worauf Herr Bert endlich antwortete: „Ich habe ihn nicht mehr gesehen, seitdem er heute Morgen so wütend weggerannt ist."

„Aber Sie sollten doch…", begann der Polizeichef und wurde vom Eintreffen des Detektivs unterbrochen.

„Freunde, ich habe etwas herausgefunden!", sagte der Detektiv stolz.

„Waren Sie etwa ohne Herrn Bert im Industriegebiet?", schnaubte Herr Gottnochamal, „Wenn Sie mit uns arbeiten wollen, haben Sie meinen Anweisungen zu folgen, Konrad!"

„Das ist doch jetzt nicht so wichtig.", sagte Konrad, „Es ist ja alles gut gegangen."

„In Zukunft werden Sie das tun, was ich ihnen sage, verstanden?"

„Es ist doch alles in bester Ordnung.", beschwichtigte Konrad.

„Wenn ich sage, dass Sie Herrn Bert mitnehmen, dann nehmen Sie Herrn Bert mit, verstanden?"

„Verstanden.", gab der Detektiv klein bei.

„Dann erzählen Sie mal, was Sie so neues herausgefunden haben!"

„Ich habe mich ein wenig umgesehen.", sagte Konrad, „Das gesamte Industriegebiet, wo uns der Hund hingeführt hat, gehört zu der Firma Kinz&Hunz. Dieser Herr Hunz ist inzwischen alleiniger Besitzer von Kinz&Hunz, seitdem Herr

Kinz seit einer Wanderung als verschollen gilt. Wenn die Feder der Taube diesem Ort zugesprochen wird, dann sollten wir davon ausgehen, dass die Brieftaube von dort entsandt wurde. Wir müssten also Herrn Hunz vernehmen und das Industriegebiet nach Hinweisen und Beweisen durchsuchen lassen. Dass das alles noch für keinen Durchsuchungsbeschluss reicht, kann ich mir schon denken."

„Absolut.", sagte Herr Gottnochamal, „Das reicht bei weitem nicht, es ist nur eine vage Vermutung, die sich einzig auf Vogelfedern begründet."

„Ich weiß jetzt, dass der Besitzer dieser Firma, Herr Hunz, tatsächlich Tauben besitzt. Der Hund hat uns also nicht ohne Grund dorthin geführt. "

„Sie sind doch nicht etwa dort eingebrochen?", fragt Herr Gottnochamal.

„Nein, nein. Ich habe einfach den Wachmann in ein Gespräch verwickelt. Informationsgewinn ohne Rechtsbruch also."

„Nicht schlecht, Konrad.", lobte Herr Gottnochamal.

„Außerdem habe ich jetzt gerade noch über diese Firma Recherchen angestellt."

„Über Kinz&Hunz?"

„Ganz genau.", antwortete Konrad, „Wissen Sie was Kinz&Hunz herstellt?"

„Irgendwas aus Metall, nehme ich an.", sagte der Polizeichef.

„Nun ja, da haben Sie Recht, aber irgendwie ist doch alles aus Metall, oder?"

„Außer Holzprodukte.", pflichtete Herr Bert dem Polizeichef bei.

„Was stellt Kinz&Hunz also her?"

„Automaten.", sagte Konrad, „Spielautomaten."

„Glücksspiel?", fragte Herr Bert.

„Glücksspiel.", sagte Konrad, „Die meisten Spielautomaten im Land stammen aus dieser Fabrik. Außerdem exportiert die Firma ihre Automaten auch ins nähere Ausland."

„Und was ist jetzt die Erkenntnis daraus?", fragte Herr Gottnochamal.

„Vor sieben Jahren musste die Firma vor Gericht. Die Maschinen seien manipuliert gewesen, hieß damals der Vorwurf. Ein spielabhängiger Zocker hatte sie damals verklagt."

„Aber man verliert doch meistens an diesen Spielautomaten. Ist das nicht das gesamte Geschäftsmodell von diesen Teilen?"

„In gewisser Weise schon.", antwortete Konrad, „Es ist immer sehr unwahrscheinlich zu gewinnen, und auf lange Sicht gewinnt beim Glücksspiel natürlich immer die Spielbank, das Kasino, oder eben der Automat. Das ist das Wesen des Glücksspiels."

„Wieso dann die Klage?"

„Die Chancen und Gewinnmöglichkeiten -so gering sie auch sein mögen- müssen trotzdem existieren. Außerdem muss diese Chance zufällig verteilt sein. Man darf da als Firma keinen Mechanismus einbauen, der den Spielern selbst noch die geringste Chance nimmt. Der Zocker hatte eben festgestellt, dass diese Maschinen nicht zufällig agieren können. Fing er an zu spielen, dann hatte er auf einmal einen Lauf, machte Gewinne. Dann investierte er mehr und mehr, und seine Gewinne brachen ein. Zu guter Letzt schmiss er geradewegs Geld in diese Automaten, und die Maschinen gaben ihm jetzt nicht einmal mehr kleine Gewinne. Das alles kam ihm sehr merkwürdig vor, war er doch ein erfahreneren Spieler. Spielte er an anderen Automaten, von anderen Firmen, konnte er das nicht feststellen. Er fühlte, dass da etwas faul war. Deshalb suchte er sich einen Anwalt und klagte gegen die Hersteller dieser Automaten."

„Kinz&Hunz."

„Exakt.", meinte Konrad, „Das Glücksspiel ist in hohem Maße reguliert. Es ist eben kein gesetzloser Raum mehr. Und die Automaten waren eigentlich alle geprüft gewesen, auf ihre Zufälligkeit und auf ihre Chancengerechtigkeit, wenn man das bei diesen geringen Gewinnquoten noch so nennen kann."

„Was war dann vor Gericht?"

„Vor Gericht wurden die Automaten geprüft, und die Sachverständigen kamen zu dem Schluss, dass die Automaten das Spielerverhalten analysierten und die Gewinne und Verluste, diesem anglichen."

„Und das war illegal?", fragte der Polizeichef.

„Selbstverständlich war das illegal. Kinz&Hunz
kam aber mit einem blauen Auge davon. Sie
durften weiterhin im Geschäft bleiben, mussten
sich nur verpflichten ihre Software anzupassen.
Die individuelle Reaktion auf das Spielgeschehen
musste abgeschafft werden. Das hat die Firma
dann auch getan. Neben einer kleinen Geldstrafe
war das alles. Der Zocker, der geklagt hatte, bekam
so etwas wie ein Schmerzensgeld, aber das war ein
Minimum des Geldes, welches er zuvor in diesen
Automaten verbrannt hatte. Der Prozess war also
nichts als eine Farce."

„Ich verstehe.", sagte Herr Gottnochamal, „Aber
warum erzählen Sie mir das alles? Was hat das mit
unserem Fall zu tun?"

„Der Anwalt, der damals Kinz&Hunz verteidigte,
war niemand geringeres als Nathaniel Gier.", sagte
Konrad.

Vor Staunen setzte endlich ein Schweigen ein.

Konrad schmunzelte.

„Also gibt es da eine Verbindung.", brachte Herr
Bert schließlich hervor, „Hat das etwas zu
bedeuten?"

„Für einen Zufall erscheint mir das Ganze zu auffällig.", sagte Konrad, „Wir müssen jedes sinnvolle Muster ernst nehmen."

„Da gebe ich Konrad Recht.", sagte Herr Gottnochamal.

„Wie lief es denn mit Nathaniel Gier?", fragte Konrad.

„Ein unglaublich schmieriger Typ.", meinte der Polizeichef, „Sehr unangenehm. Aber das macht ihn noch nicht zu einem Verbrecher."

„Ja, hat er irgendetwas Auffälliges gesagt? Irgendetwas Verräterisches?"

Herr Gottnochamal dachte kurz nach: „Er hatte allen Ernstes gefragt, ob sein Sohn hinter den Morden stecken würde."

„Ein toller Vater.", meinte Herr Bert ironisch.

„Das ist in der Tat merkwürdig."

„Die beiden verstehen sich eben nicht.", sagte der Polizeichef, „Ich denke, dass wir keinen von den beiden trauen können, wenn sie übereinander sprechen. Die hassen sich gegenseitig. Eine Therapie würde den beiden gut tun, habe ich mir gedacht. Solche passiv-aggressiven Typen habe ich noch nie erlebt."

Nach einem längeren, nachdenklichen Schweigen der drei Männer, rückte Konrad endlich heraus: „Ich habe noch etwas zu berichten. Die beiden Raucher waren wieder da, und sie haben wieder geheime Botschaften übermittelt."

„Und das sagen Sie erst jetzt?", rief Herr Gottnochamal, „Raus mit der Sprache, Konrad!"

7

Fünf - Lebt - Deal

Morgen - Einsatz - 1 Million

Das stand auf dem Zettel, den sich die Männer nun hin- und herreichten.

„Was meinen die nur damit?", fragte Herr Bert, „Wenn die schon in Geheimsprache kommunizieren, dann sollen sie wenigstens deutlich sprechen."

„Das Wort *Morgen* beunruhigt mich, wenn ich ehrlich bin.", sagte der Polizeichef, „Wir haben schon Abend."

„Glauben Sie, dass morgen noch etwas passiert?", fragte Konrad.

„Können wir einmal kurz zusammenfassen, was überhaupt passiert ist?", fragte der übermüdete Gottnochamal.

Konrad folgte seiner Bitte: „Wir haben zwei Morde in einem Hochhaus. Wir haben einen Hausbesitzer, der sich nicht für das Haus interessiert. Wir haben Mieter, die alle ein wenig merkwürdig sind. Wir haben eine Brieftaube, die mir einen Brief bringt und mich vor weiteren Ermittlungen warnt. Wir haben eine Firma, welche Spielautomaten herstellt, von wo aus -vermutlich- diese Brieftaube losgeschickt wurde. Wir haben wortlose Gespräche mit kryptischen Inhalt. Und wir haben eine Verbindung der Anwaltskanzlei Gier zu Kinz&Hunz."

„Wir haben nichts konkretes.", murmelte Herr Gottnochamal genervt.

Herr Bert holte noch einmal Kaffee, um die Müdigkeitssymptome der Dreien zu bekämpfen.

„Ich kann nicht mehr.", sagte er, als er die Tassen abstellte, „Ich glaube, ich muss auch mal wieder nach Hause."

„Aber wir stecken doch mitten in einem Fall.", sagte Herr Gottnochamal.

„Was hat dieser Code nur zu bedeuten?", fragte Konrad und hielt das Blatt mit den Notizen dicht vor seine Augen.

„Das versuchen wir ja gerade herauszufinden.", entgegnete der Polizeichef, „Deshalb sitzen wir doch hier."

„Aber das weiß ich doch, Herr Gottnochamal.",
sagte Konrad und verbrannte sich die Zunge an
dem heißen Kaffee.

„Was, wenn es gar nichts zu bedeuten hat?", warf
Herr Bert ein, „Wenn es sinnloses Gelaber ist, ohne
jeden Sinn?"

„Dafür wäre der Aufwand doch viel zu groß!",
meinte der Polizeichef, „Das sind doch zwei
erwachsenen Männer, diese Raucher. Wir wissen
zwar nicht wer sie sind, aber sie machen das
bestimmt nicht zum Spaß. Wenn man so viel
Aufwand reinsteckt, um ein verdecktes Gespräch
zu führen, dann müssen die Worte auch etwas zu
bedeuten haben!"

„Ja, das nehme ich aber auch an.", unterstützte
Konrad diese Gedanken, „*Fünf* sagt der eine, und
der andere sagt *Lebt*. Dann sagt der eine wieder
Deal. Am nächsten Tag sagt der eine *Morgen*, der
andere sagt *Einsatz*, und der eine antwortet dann
mit *1 Million*."

„Ja gut, das haben wir schon verstanden.", sagte
Herr Gottnochamal, „Haben Sie auch irgendeine
neue Erkenntnis, Konrad?"

„Lassen Sie mich noch kurz nachdenken.", bat Konrad und verschloss die Augen.

Herr Bert sagte dann: „Aber nicht, dass er noch einschläft."

„Es ist doch zwecklos.", meinte Herr Gottnochamal und schüttelte den Kopf.

Konrad versuchte zu meditieren.

Er wollte, dass sein Unbewusstsein das Rätsel löste.

„Gehen wir alle nach Hause.", meinte Gottnochamal, „Morgen ist ein neuer Tag."

„Aber...", begann Konrad.

„Kein aber.", sagte der Polizeichef und alle drei brachen zu ihren Autos auf.

8

Konrad war noch ein Kind gewesen, als seiner Mutter auffiel, dass er anders war.

Er war einfach nicht so, wie die anderen.

Zunächst einmal war er ein Einzelgänger.

Selbstständig bemühte er sich um keine Freundschaft.

Seine Mutter war sich nicht einmal sicher, ob Konrad überhaupt so etwas wie Freundschaft empfinden konnte.

Wenn sich dann eine Freundschaft bildete und kurz darauf wieder zerbrach, gab Konrad immer dem anderen die Schuld.

Seine Mutter glaubte ihm.

Wieder und immer wieder.

Trotzdem war es ihr wichtig, dass er sich mit Gleichaltrigen abgab, und so ließ sie keinen Versuch ungenutzt, ihren einzigen Sohn an andere zu vermitteln, auf dass sich neue Freundschaften bilden könnten.

Konrad hasste das natürlich.

Lieber verbrachte er seine Zeit mit Lesen und Gedankenspielen.

Nicht nur passte er nicht zu seiner Schulklasse- er gab sich nicht einmal die Mühe, dazuzugehören.

Das Individuelle ließ sich einfach nicht aus ihm heraustreiben.

Egal, was die Schule sich abmühte.

Egal, wie oft seine Eltern versuchten, ihn *passend* zu machen.

Irgendwie wollte er nirgendwo so recht dazugehören.

Am liebsten war er sowieso allein.

Diese Eigenheit wurde als unnatürlich betrachtet.

Obwohl Konrad einfach so war wie er eben war.

Das wahre Anders-Sein wurde aber niemandem zugestanden, da es die Gruppe, den Schwarm, die Herde infrage stellt.

Eines fiel Konrads Mutter allerdings auf:

Ihr Sohn hatte einen guten Blick für Muster aller Art.

Er sah Zusammenhänge, die sonst niemand sah.

Unter den anderen Kindern war er damit alleine, unter den Erwachsenen war er immer noch in der Minderheit.

Sein Vorteil war, dass sein Blick nicht von Anschauungen der Masse getrübt war.

Seine Gabe war, die Dinge anders zu sehen.

Ob er nun schon immer so gewesen war, oder durch seinen Stand außerhalb der Gesellschaft dazu kam, spielte keine Rolle mehr.

Er war anstrengend, er war anders, er war nicht so dumm, wie die anderen dachten.

Er war eben Konrad Konnie Konradson.

Einmal bekam er ein Puzzlespiel geschenkt, das ihm direkt auf den Boden fiel.

Alle Teile waren über dem Wohnzimmerparkett kreuz und quer und oben und unten durcheinander gemischt.

„Ein Puzzleteil fehlt.", sagte Konrad damals nach ein paar Sekunden, die er auf die verteilten Puzzleteile hinabblickte.

Seine Eltern waren verwundert über diesen Satz, weil der Junge das doch nicht wissen konnte.

Erst als sie zusammen das Puzzle fertiggestellt hatten, merkten die Eltern, dass tatsächlich ein Stück fehlte.

Konrad hatte Recht gehabt.

Ab da hatten seine Eltern endgültig begriffen, dass ihr Junge die Welt anders wahrnahm.

Sie hatten nur noch keine Idee, was das Konrad einmal bringen würde.

In geheimen Zeichen war die andere Wahrheit verborgen, jene, für die es zu gefährlich war, sie auszusprechen.

Die andere Sprache, die lautlose, verbogen und verborgene war allein für das Geheimnis erfunden worden.

Geheimnisse, die übermittelt werden, zwischen zweien, die einander vertrauen.

Geheimnisse, die jemand für sich notiert, vielleicht um sich später noch an alles erinnern zu können.

Es gab eine ganze Welt unter dieser Welt, welche allein im Verborgenen stattfand.

Übermittelt durch Zeichen, welche den meisten nicht einmal als solche ersichtlich waren.

Die verborgene Sprache musste zuallererst gefunden werden, bevor man sie verstehen konnte.

10

Konrad war mit dem namenlosen Yorkshire Terrier seiner Mutter bei sich Zuhause angekommen.

Der Detektiv war komplett übermüdet, aber der Hund bestand darauf, noch eine Runde spazieren zu gehen.

Yorkshire Terrier können einen eisernen Willen haben.

Besonders jene, die zu sehr verwöhnt werden.

Also schleppte sich Konrad durch die Nacht, blickte ab und zu in den Himmel und beobachtete die Sterne.

Die Sterne waren längst nicht mehr die einzigen Lichter am Nachthimmel.

Neben den Lichtern der Flugzeuge waren nun auch immer mehr Satelliten zu sehen.

Es war nicht mehr der tausend Jahre alte Sternenhimmel, den die Astronomen beobachtet hatten.

Der Mensch hatte selbst zwischen den Sternen seinen Fingerabdruck hinterlassen.

Konrads Gedanken schweiften ab.

Er überlegte, wie Satelliten eigentlich funktionierten.

Konrad schämte sich fast über seine Unkenntnis.

Auf einmal wollte er alles über Satelliten herausfinden, obwohl er gerade nur Gassi ging.

Der Blick in den Himmel der Nacht und der Umstand seiner Übermüdung kippten seine Denkmuster.

Denken und Fühlen verschmolzen nun miteinander.

Er sah Satelliten vor sich, die untereinander Informationen austauschten und immer mit der Erde in Verbindung standen.

Auf einmal blieb Konrad stehen.

Der Yorkshire Terrier wandte sich erschrocken um.

Konrad griff zu seinem Mobiltelefon und rief Herrn Gottnochamal an.

Erst nach mehrmaligem Klingeln ging der
Polizeichef an sein Telefon.

„Was ist?", fragte er mürrisch.

Herr Gottnochamal lag bereits zu Bette und konnte
es nicht fassen, dass der nervige Detektiv ihn jetzt
auch noch Zuhause störte.

„Evakuieren Sie das ganze Gebäude! Sofort.",
schrie Konrad in sein Mobiltelefon.

„Was?", fragte Herr Gottnochamal.

Er war für ein paar Minuten eingenickt, und
versuchte diesen Umstand nun zu überspielen.

„Evakuieren Sie sofort das Hochhaus in der
Bruchbudenstraße!", rief Konrad sehr bestimmt,
als stünde er jetzt plötzlich unter Strom.

„Warum?", fragte der Chefermittler und erhob
sich langsam aus seinem Bett.

Er war bereits so übermüdet, dass er nicht mehr
ganz gewiss zwischen Traum und Wirklichkeit zu
unterscheiden vermochte.

„Jetzt haben wir keine Zeit um Fragen zu stellen!",
mahnte Konrad ungewohnt ernsthaft, „Wenn Sie

mir vertrauen, dann evakuieren Sie jetzt das verdammte Hochhaus, und bringen die Leute dort in Sicherheit."

„Warum?", rief der Polizeichef in sein Telefon.

„Organisieren Sie auch ein Spezialkommando, welches Bomben entschärfen kann!", sagte Konrad.

Kurzes Schweigen.

Dann erklärte Herr Gottnochamal: „Gut. Auf ihre Verantwortung, Konrad. Ich werde eine Evakuierung einleiten. Hoffentlich wissen Sie, was Sie da tun."

„Und denken Sie an das Spezialkommando!", befahl Konrad, „Sagen Sie denen, dass sie sich auf die fünfte Etage konzentrieren sollen!"

„Hören Sie jetzt gut zu.", meinte Herr Gottnochamal, „Wenn das Spezialkommando keine Gefahrenlage im Hochhaus der Bruchbudenstraße feststellen kann, dann will ich Sie nie wieder sehen. Sie werden mich dann nämlich fürchten müssen! Wissen Sie wie peinlich das ist, wenn man so viele Kollegen herruft, und dann stellt sich heraus, dass das alles völlig umsonst gewesen ist?"

„Vertrauen Sie mir?", fragte Konrad.

Der Polizeichef sagte darauf nur: „Wir sehen uns in der Bruchbudenstraße."

Von Tatendrang und neuer Euphorie wie beflügelt, schnappte sich Konrad den Yorkshire Terrier.

Mit ihm in den Armen, eilte er zu seinem VW und wollte direkt losfahren.

„Wir haben einen Fall zu lösen!", sagte er zu dem kleinen Hund.

Im nächsten Moment spürte Konrad einen Schlag gegen seinen Hinterkopf.

Er fiel in sich zusammen, war bewusstlos, und von da an nahm er nichts mehr wahr, außer einem schwarzen Rauschen.

11

Die Stille der jungen Nacht wurde durch Alarm und Blaulicht vorzeitig beendet.

Begleitet von Sirenen sammelten sich Polizeiautos, Feuerwehr und Rettungswagen in der Bruchbudenstraße.

Herr Gottnochamal ließ das gesamte Gebäude räumen.

Die verschlafenen Bewohner des Hochhauses 11 wurden geweckt, und vorübergehend in einer Sporthalle untergebracht.

Sie dachten erst, es würde wieder brennen, doch es waren keinerlei Rauchwolken zu sehen.

Manche der Bewohner zeigten sich verwundert, andere agierten wie Schlafwandler, noch immer in ihren jungen Träumen versunken.

Ein paar Bewohner des Hochhauses waren noch wach gewesen.

Der Nachtwächter war schon nicht mehr zuhause, sondern vermutlich bereits auf der Arbeit.

Dies war das Resümee der Aktion.

So würde es später auch in den Akten vermerkt werden.

Hinter dem Punkt *Anlass des Einsatzes* würde Herr Gottnochamal vorerst einen Strich setzen - so, als hätte es gar keinen Anlass für die Räumungsaktion gegeben.

Als alle Bewohner das Gebäude verlassen hatten, standen nur noch der Polizeichef und Herr Bert im Flur.

Der Polizeichef hatte seinen Assistenten zur Bruchbudenstraße beordert.

Vor dem Hochhaus standen Feuerwehr und Polizei bereit.

„Gehen wir von einer Gefahrensituation aus.", sagte der Polizeichef zum Leiter des Spezialkommandos.

„Wovon sollten wir denn sonst ausgehen?", antwortete dieser.

Gottnochamal nickte: „Etage Fünf sollten Sie am meisten beachten."

„Wir werden jeden Winkel durchsuchen und jede Gefahr unschädlich machen.", erklärte der Leiter des Spezialkommandos, „Dafür sind wir schließlich da.“

Der Polizeichef dankte dem Anführer, dann wurde das Haus gestürmt.

Herr Gottnochamal und Herr Bert begaben sich zu den anderen Wartenden -bestehend aus Polizisten, Feuerwehrmänner und Sanitätern- hinter die Absperrung.

Eine Explosion würde selbstverständlich auch hinter diesem Plastikband ihren Schaden anrichten.

Trotzdem fühlte es sich besser an, dahinter zu stehen.

Das Sicherheitsgefühl war eben vor allem eine subjektive Angelegenheit.

Im Übrigen vertraute hier jeder auf das Spezialkommando -müsste etwas entschärft werden.

„Konrad ist immer noch nicht da.“, stellte Herr Gottnochamal nüchtern fest.

„Und wegen dem machen wir das alles?", fragte Herr Bert, „Und dann taucht er noch nicht mal hier auf?"

„Es ist schon alles sehr merkwürdig.", meinte der Polizeichef, und flüsterte dann zu Herrn Bert: „Ehrlich gesagt hoffe ich, dass die jetzt etwas finden. Stellen Sie sich vor, diese ganze Aktion wäre umsonst. Und dann würde man mich fragen, wieso ich das veranlasst habe. Und dann muss ich mit dem Bauchgefühl eines schlechten Detektivs argumentieren…"

Nach einigen Minuten kam der erste Funkspruch.

12

Als Konrad seine Augen öffnete, fühlte er einen Schmerz an seinem Kopf.

Er wollte nach seinem Kopf greifen, konnte aber seine Arme nicht bewegen.

Konrad bemerkte eine kleine Pfütze aus Blut vor sich und ahnte, dass sein Kopf eine Wunde trug.

Er saß auf einem kalten Boden aus Beton und jetzt erst bemerkte er die Ketten, die um seine Handgelenke gelegt worden waren.

Deshalb konnte er sie nicht bewegen.

„Wo bin ich?", brachte er hervor, doch er sah niemanden der ihm diese Frage jetzt beantworten könnte.

Es war vorerst nichts an Geräuschen von außen zu hören, und der Raum, in welchem er gefesselt war, war in Dunkelheit gehüllt.

Konrad konnte nur ahnen, was passiert war.

Wissen konnte er es nicht.

Er versuchte sich zu erinnern, an das letzte was passiert war.

„Ich war Gassi mit dem Hund.“, dachte Konrad,
„Und dann…“

Da fiel ihm wieder ein, dass er gerade ins Auto
steigen wollte, um in die Bruchbudenstraße zu
fahren.

„Da muss mich jemand niedergeschlagen haben.“,
schlussfolgerte Konrad, „Wie lange war ich nur
bewusstlos?“

Ihm gegenüber waren Tauben in einem Käfig.

Das erkannte er erst jetzt.

Sie flatterten ein wenig auf engstem Raum,
streckten ihr Gefieder, gurrten, und ruhten sich
dann wieder aus.

„Ihr seid gefangen, so wie ich.“, flüsterte Konrad
zu den Tauben, und zu sich selbst dachte er still:
„Ich muss im Industriegebiet sein. Es spricht doch
alles dafür.“

13

„Auf Etage Fünf, im Zimmer von Losswin, haben wir etwas gefunden.", sagte der Leiter des Spezialkommandos über das Funkgerät.

Der Polizeichef blickte mit großen Augen zu Herrn Bert herüber.

Dieser fragte mit müder Stimme: „Wie konnte Konrad das nur wissen?"

Über Funk meldete sich wieder das Spezialkommando: „Es ist bereits entschärft. Es war so einfach, zu einfach."

„Was haben Sie denn gefunden?", funkte Herr Gottnochamal zurück.

„Es ist eine Zeitbombe. Wir haben die unter dem Bett des Bewohners hier gefunden. Die wäre noch einige Stunden gelaufen. Bis morgen. Hätte den Mieter vermutlich im Schlaf zerfetzt. Aber wir konnten diese Zeitschaltuhr ganz einfach ausschalten. Also, die hat einen Knopf zum Ein- und Ausschalten. So etwas Simples habe ich in meiner ganzen beruflichen Laufbahn noch nie gesehen!"

„Eine Zeitbombe?"

„Es ist die erste Zeitbombe, mit einem Ein- und
Aus-Knopf, die mir jemals untergekommen ist.",
funkte es zurück, „Wir werden das jetzt noch
endgültig entschärfen. Dann durchsuchen wir
noch die restlichen Etagen."

„Gute Arbeit.", antwortete Gottnochamal
vollkommen geistesabwesend.

Zu Herrn Bert murmelte er: „Verstehen Sie, was
hier gerade vor sich geht? Herr Dr. Losswin auf
Etage Fünf war in Lebensgefahr. Und aus
irgendeinem Grund wusste Konrad davon."

14

„Meine Feinde haben eines gemeinsam: Sie alle werden verlieren.", sagte plötzlich jemand zu Konrad.

Konrad kannte die Stimme nicht.

Und das Gesicht des Mannes war maskiert, sodass Konrad nichts erkennen konnte.

„Wo bin ich?", fragte Konrad.

„Es spielt doch keine Rolle, wo du bist.", sagte der maskierte Mann, „Die einzige Frage ist, wie sehr du an deinem Leben hängst."

„Wo ist mein Hund?", fragte Konrad auf einmal.

„Der Hund gehört dir doch gar nicht.", sagte der Fremde, „Was machst du dir Sorgen um den Hund?"

„Stehe ich unter ihrer Beobachtung?", fragte Konrad.

„Wir haben dich schon seit einiger Zeit im Blick.", sagte der maskierte Mann, „Seitdem du zu viele Fragen stellst und zu viele Antworten findest."

„Werde ich heute das hier überleben?", fragte Konrad.

„Das hängt ganz von dir ab.", erklärte der maskierte Mann.

Dann verließ er den Raum, kehrte aber kurz darauf wieder zurück.

Dieses Mal hatte er den Yorkshire Terrier bei sich.

Jenen, welcher eigentlich Konrads Mutter gehörte.

Dann zückte der Maskierte noch eine Tafel Schokolade aus seiner schwarzen Jacke und öffnete diese.

„Ich werde diesem Hund jetzt so viele Schokoladenrippchen geben, bis er satt ist.", sagte der Fremde dann.

„Sie wissen, dass Hunde das nicht essen dürfen!", sagte Konrad, „Sie können davon sterben."

„Dann machte ich dir einen Vorschlag, Konrad. Ich gebe dem Hund keine Schokolade zu essen, aber du wirst dafür einen Anruf für mich erledigen: Du wirst bei deinem Polizeichef anrufen und du wirst ihm von deinen düsteren Gedanken berichten. Du wirst ein wenig weinen, und ihm dann sagen, dass

dir das Leben einfach ein wenig zu viel geworden
ist. Mehr musst du gar nicht tun. Ein Anruf. Den
Rest erledigen wir für dich."

„Ich möchte jetzt einfach gehen.", sagte Konrad
mit zittriger Stimme, „Bitte lassen Sie mich gehen."

Der Maskierte brach ein Stückchen Schokolade ab
und gab es dem Yorkshire Terrier zu essen.

„Iss das nicht, Hundi.", flehte Konrad das hilflose
Tier an, „Das darfst du nicht essen!"

Der Hund schaute zwar kurz zum Detektiv,
schnappte sich dann aber das Schokoladenstück
und kaute darauf herum.

„Mein Angebot steht.", sagte der Maskierte, „Aber
entscheide dich schnell, denn mit jedem Stück
Schokolade kommt der Köter dem Tod ein wenig
näher. Ein Anruf zum Abschied. Ich lass dich auch
einen Brief schreiben, wenn dir das lieber ist.
Willst du lieber einen Abschiedsbrief schreiben
oder einen letzten Telefonanruf führen? Du hast
die Wahl, und ist das nicht eine schöne Wahl?"

„Es ist überhaupt keine Wahl.", widersprach
Konrad, „Es lässt mir keine Chance, mich zu
entscheiden."

15

Das Spezialkommando war sämtliche Etagen durchgegangen, hatte aber sonst nichts Verdächtiges mehr finden können.

Eine Zeitbombe war ja auch mehr als genug.

Herr Gottnochamal hielt das entschärfte Teil in seinen Händen.

Das Spezialkommando hatte es in eine durchsichtige Hülle gepackt.

Es hatte ein Display, welches nun nichts mehr anzeigte, davor aber rote Ziffern eingeblendet hatte.

Darunter war ein einfacher Knopf, mit dem man die Zeitschaltuhr aktivieren und auch deaktivieren konnte.

Vom Spezialkommando war der Sprengstoff von der Zeitschaltuhr getrennt worden.

„Es hätte den Bewohner der Etage auf jeden Fall getötet.", meinte der Einsatzleiter des Spezialkommandos zu Herr Gottnochamal.

„Es hätte bestimmt noch viel mehr Schaden angerichtet."

„So viel Sprengstoff war da gar nicht.", meinte der Einsatzleiter, „Meine Jungs haben sich alle gewundert. Wäre die Bombe hochgegangen hätte sie die Wohnung in Etage Fünf demoliert, aber ansonsten…also die anderen Etagen hätte es nicht getroffen. Es sieht mir ganz danach aus, als sollte nur der eine Bewohner auf Etage Fünf getötet werden. Ich vermute einen Auftragsmord. Wer auch immer dahintersteckt- er hatte es auf den Bewohner in Etage Fünf abgesehen."

„Auf Herr Dr. Losswin.", murmelte der Polizeichef.

Der Einsatzleiter meinte noch: „Was ich nur nicht verstehe: Wer baut eine Zeitbombe, die man mit einem Knopfdruck wieder ausschalten kann?"

16

„Konrad, wie hast du das Rätsel gelöst?", fragte
der maskierte Mann, „Woher wusstest du von dem
Plan auf Etage Fünf?"

„Also, die fünf im Geheimcode steht für Etage
Fünf."

„Im Geheimcode?", fragte der maskierte
Entführer.

„Die Rauchzeichen, im Morsecode."

„Siehst du nicht vielleicht Gespenster?", fragte der
Maskierte.

„Hatte ich Recht mit meiner Vermutung?", fragte
Konrad.

„Wegen einer Vermutung von dir lässt die Polizei
also ein ganzes Hochhaus räumen?", fragte der
Maskierte, „Erzähl mir mehr von deiner
Vermutung."

„Es ist eine Wette auf Menschenleben.", sagte
Konrad.

„Was?"

„Eine Wette auf das Leben oder den Tod. Darum ging es in den kodierten Gesprächen. Der eine sagt *Fünf* meint also Etage Fünf dieses Hauses, der andere entgegnet *Lebt*, wettet also auf das Überleben der Person. *Deal* besiegelt dann diese Wette. Das nächste Gespräch, also das nächste Gespräch, das ich mitbekam, legt den Tag des Geschehens fest, *Heute*. Dann wurde noch nach dem *Einsatz* gefragt und mit *1 Million* beantwortet. Es wurde also auf Dr. Losswins Leben gewettet. Der Gewinner der Wette würde allein dadurch schon zum Millionär werden."

„Wer würde denn so etwas tun?"

Konrad erklärte: „Diese Männer spielen ein ganz böses Spiel. Sie sind ohne Gewissen. Skrupellos. Und gelangweilt. Dazu sind sie eben ein wenig zu wohlhabend- so wohlhabend, dass Geld ihnen gar nichts mehr bedeutete. Darum spielen sie dieses Spiel. Sie geben ihren Opfern einen Angriff und eine Chance zu überleben. Es ging nie um die Immobilie, die eignete sich einfach als Spielbrett. Sie wetten darauf, ob die Opfer ihrem Tod entkommen können, oder ob sie ihm erliegen."

Der Maskierte meinte darauf: „Was bist du denn für ein schlaues Kerlchen, Konrad?"

„Habe ich mit meiner Vermutung Recht?“

„Du hattest zumindest Recht, dass es eine Bombe in der Bruchbudenstraße 11 gab. Und damit, dass die fünfte Etage in höchster Gefahr gewesen ist. Machen wir ein Deal: du machst den Anruf und dann erzähle ich dir die ganze Wahrheit.“, schlug der maskierte Mann vor, „Du wirst die ganze Wahrheit erfahren.“

„Sie wollen, dass ich meinen Tod ankündige?“

„Ich will, dass du deinen Selbstmord ankündigst. Bei deinem Chef bei der Polizei.“, erklärte der Maskierte, „Ich will, dass du die Verantwortung übernimmst.“

„Wovon?“, fragte Konrad.

„Du wirst deinem Chef erzählen, dass du die Bombe gelegt hast. Die Bombe mit der Zeitschaltuhr.“

„Warum?“, fragte Konrad, „Wieso sollte er so etwas glauben?“

„Erzähl ihm einfach, dass du ein guter Detektiv sein wolltest. Aber, dass du einfach nur der schlechteste Detektiv der Welt bist. Erzähl ihm, dass du den Helden spielen wolltest, und deshalb selbst eingegriffen hast. Dass du erst die Taten begangen hast und sie dann aufklären wolltest. Bleib ruhig ein bisschen schwammig in deinem Geständnis, zu viele Details würden dich sowieso nur unglaubwürdig erschienen lassen. Sag, dass du wie ein Brandstifter warst, der den heldenhaften Feuerwehrmann spielen wollte. Übernimm die Verantwortung für die Morde in der Bruchbudenstraße 11. Und: sag deinem Chef, dass du am Flussufer entlangläufst und, dass dich das Wasser in der Nacht so schön anlächelt."

Konrad überlegt einen Moment: „Und dann lassen sie den Hund am Leben?"

„Selbstverständlich.", sagte der Maskierte, „Ich mag mich nicht an Gesetze halten, aber an mein Wort halte ich mich immerzu."

„In Ordnung.", gab der Detektiv klein bei, „Ich war als Schüler in der Theater-AG. Ich werde meinen Selbstmord überzeugend ankündigen, auch wenn ich…auch wenn ich nicht sterben möchte. Ich werde ein bisschen improvisieren."

„Sag ein falsches Wort und ich lege auf.", sagte der maskierte Mann, „Und dann müsst ihr beide dran glauben- du *und* der Hund."

17

Mitten in der Nacht auf der Polizeistation ist vor allem der Kaffeeautomat zu hören, der beständig neuen Treibstoff für die Ermittler liefern muss.

Herr Gottnochamal und Herr Bert waren nun mit den Akten beschäftigt.

Sie mussten nachträglich den Einsatz dokumentieren und die Ergebnisse ihrer Ermittlung festhalten.

Leider wussten sie selbst nicht wirklich, was die Ergebnisse ihrer Ermittlung war.

„Die Bruchbudenstraße 11 bleibt weiterhin abgesperrt und unbewohnbar.", meinte Herr Bert, „Wir sollten die Bewohner jetzt aus den Sporthallen rausholen und in Hotelzimmern unterbringen. Aber am besten anonym, das die alle in Sicherheit sind."

„Das ist eine gute Idee, Herr Bert.", sagte Herr Gottnochamal, „Machen Sie das bitte."

„Ist alles in Ordnung, Chef?"

„Ja. Ich finde es nur merkwürdig, dass Konrad sich nicht blicken lässt. Sollten wir bei ihm anrufen?", fragte Herr Gottnochamal.

Herr Bert antwortete: „Der ist bestimmt einfach eingeschlafen."

Dann klingelte Herr Gottnochamals Handy.

„Polizeichef Gottnochamal am Apparat, wie kann ich helfen?"

„Hallo.", sagte die Stimme des Detektivs, „Ich wollte mich nur verabschieden."

„Konrad! Wo stecken Sie denn? Ich habe in der Bruchbudenstraße auf Sie gewartet!"

„Es ist doch alles egal.", sagte Konrad, „Ich muss ein Geständnis ablegen: Ich bin kein guter Detektiv."

„Was sagen Sie denn da? Ist alles in Ordnung?", fragte der Polizeichef.

„Das hier ist unser letztes Gespräch, Herr Gottnochamal. Es tut mir Leid."

„Warten Sie Konrad, legen Sie jetzt nicht auf.", sagte Herr Gottnochamal, und stellte das Telefon auf die Freisprechanlage, sodass Herr Bert das Gespräch mithören konnte.

„Ich habe die Bombe gelegt und ein paar andere Sachen gemacht… Ich wollte nur…ich wollte nur ein guter Detektiv sein.", sprach Konrad durch die Freisprechanlage des Handys: „Ich kann so nicht mehr leben. Muss weg von hier. Ich fühle immer Angst und Hass. Kann nicht mehr. Werde kränker."

18

Der Maskierte hielt Konrad eine Knarre direkt an die Stirn.

In der anderen Hand hielt er Konrads Mobiltelefon, und lauschte jedem Wort des erzwungenen Gesprächs.

„Es gibt nichts mehr zu sagen.", erklärte Konrad seinem Telefongesprächspartner, „Sie müssen meinen Hund von hier abholen. Ich binde seine Leine um einen Baum am Flussufer. Und dann müssen Sie ihn zu meiner Mutter bringen, sie wird sich wieder um ihn kümmern."

„Was reden Sie denn da für einen Schwachsinn?", fragte Gottnochamal.

„Ich wollte den Helden spielen und habe Verbrechen inszeniert", sagte Konrad, „Ich war wie ein Feuerwehrmann, der selbst zündelt."

„Konrad, jetzt ist kein Zeitpunkt für schlechte Scherze."

„Es ist ja auch kein Scherz.", sagte Konrad, „Das Wasser wird mich mit sich ziehen, ich war immer traurig, mein ganzes Leben lang schon. Ich habe es nur immer gut verstecken können."

„Reden Sie mit mir, Konrad. Bleiben Sie jetzt stark. Sie wollen doch nicht aufgeben!", sagte der Polizeichef und wedelte in der Luft herum, um Herrn Bert darauf aufmerksam zu machen, das Telefongespräch zurückzuverfolgen.

Man müsste doch bald schon den Anruf-Ort zurücklokalisierten können. Auch wenn Gottnochamals Gestik keinen Sinn ergab, verstand Herr Bert sofort und setzte sich schnell vor seinen Computer.

„Ich bin lange genug stark gewesen.", sagte Konrad, „Was für ein Detektiv bin ich? Ein Witz bin ich. Sonst nichts."

„Seit wann denken Sie denn so etwas?", fragte Herr Gottnochamal.

„Ich habe immer schon so gedacht, ich habe es nur noch nie so deutlich ausgesprochen.", sagte Konrad, „Vielleicht kann ich im Tod mutiger sein, als im Leben."

„Konrad!", rief der Polizeichef, „Nichts ist mutig daran, aufzugeben. Sie sind ein guter Detektiv, wenn es das ist, was ihnen Sorge bereitet."

„Ich bin der schlechteste Detektiv der Welt.", sagte Konrad, „Verstehen Sie denn nicht? Ich habe diese Morde geplant. Ich stecke dahinter. Die Morde in Bruchbudenstraße 11 gehen auf mein Konto."

Der Maskierte wies Konrad, das Telefonat nun rasch zu beenden.

Dem Polizeichef schien es derweil die Sprache verschlagen zu haben, denn er brachte kein Wort mehr hervor.

Konrad sprach nun langsamer und lauter, schluchzte fast die Worte: „Ich nenne dies unser Scheitern. Trotzdem renne ich. Egal. Geradeaus! Einfach bis ich erstarre. Tiefschwarz. So oder so."

Dann beendete der Maskierte das Telefonat und Konrad brach weinend in sich zusammen, soweit es die Ketten erlaubten, in denen er lag.

„Na also, geht doch.", sagte der maskierte Mann zu Konrad.

Dann nahm er einen Hammer und schlug Konrads Mobiltelefon in kleine Stücke.

19

„Ich habe meine Teil des Deals eingehalten.", sagte Konrad, „Nun erzählen Sie mir die Wahrheit."

„Mit deiner Vermutung warst du schon ganz korrekt.", sagte der maskierte Mann und nahm endlich seine Maske ab, „Hunz ist mein Name, ich glaube wir sind uns noch nicht über den Weg gelaufen. Wir erfanden also ein Spiel. Das sollte für uns entscheiden. Wir spielen mit fremdem Einsatz, also ohne, dass wir selbst etwas verlieren könnten."

„Was meinen Sie mit fremdem Einsatz?", fragte Konrad.

„Na, die Menschen. Unsere Spielfiguren.", erklärte Hunz und sprach das alles viel zu nüchtern und ernsthaft aus, „Wir brauchen diese Menschen für unser kleines Spiel. Außerdem ist es viel mehr als ein Spiel. Es ist eine Wette, mit der wir Dinge regeln. Es geht nicht um Geld, jedenfalls nicht nur. Wer die Wette gewinnt, der bekommt gewisse Vorteile, über die wir uns zuvor verständigt haben. Wenn es also ein Spiel ist, dann ist es ein Spiel in der Wirklichkeit, mit realen Folgen für uns. Und die Einsätze sind hoch, sehr hoch für alle

Beteiligten. Weißt du, dass Leben ist langweilig, wenn man zu viel Geld hat. Also viel zu viel Geld. Es gibt dann keinen Ansporn mehr, keinen Grund mehr dafür, etwas zu tun. Und wenn zu viel Geld sich mit Langeweile paart, dann ist das immer ein riskantes Unterfangen."

„Sie haben doch ihr Geld mit Glücksspielautomaten verdient.", sagte Konrad.

„Bis ich gemerkt habe, dass es viel spannender ist, selbst zu zocken. Aber nicht so, wie all die Verlierer, die ihre letzten Münzen in einen Automaten werfen."

„Stattdessen wetten Sie also auf Menschenleben?"

„Wir wetten auf Tod und Leben. 0 oder 1. Es ist wie ein Münzwurf. Nur um einiges unterhaltsamer."

„Ist Nathaniel Gier ihr Gegenspieler?"

„Er ist mein Mitspieler. Wir sind doch keine Gegner. Denn es gibt immer eine Einigung für uns beide. Das schöne ist doch, dass jede Spielfigur, die wir auswählen, die Chance hat, dem Tod zu entkommen. Wir sind also keine Unmenschen."

„Wer spielt noch mit?"

„Zur Zeit nur Nathaniel und ich. Weißt du Konrad, davor war ich ein leidenschaftlicher Schachspieler. Aber Schach ist berechenbar, Maschinen werden den Menschen darin immer schlagen können. Unser Spiel aber, das ist unberechenbar. Es wird niemals langweilig. Wir wiederholen auch keine von unseren Spielen, jede Wette hat einen einzigartigen Aufbau. Ich habe Nathaniel damals bei einer Gerichtsverhandlung kennengelernt, und schnell gemerkt, dass er genauso drauf ist wie ich.“

„Wie ist er denn drauf?“

„Er hat sich genauso gelangweilt wie ich. Er hatte das öde Leben genauso satt wie ich.“

„Wieso war die Feder denn im Briefkasten der Szabinskis?“, fragte Konrad, „Diese Taubenfeder?“

„Auch wir machen mal einen Fehler.“, erklärte Hunz, „Ich konnte ja nicht wissen, dass du mithilfe einer einzigen Fehler uns auf die Schliche kommst. Herr Szabinski hatte von uns einen Brief erhalten, der ihn zu seiner Bank gebeten hatte. An dem Tag des Brandanschlags. Der Brief war natürlich eine Fälschung gewesen- es ging nur darum, ihn aus der Wohnung zu locken. Dann nahmen wir uns

Frau Szabinski vor. Die Taubenfeder war ein dummer Zufall."

Konrad fragte: „Warum findet das alles in der Bruchbudenstraße 11 statt, was hat es damit auf sich?"

„Das war Nathaniels Idee.", antwortete Hunz, „Ich war von Anfang an dagegen, das ganze Spielbrett in ein Haus zu legen. Aber Nathan bestand darauf. Er meinte, im Zweifel würde dann sein Sohn für die Morde geradestehen müssen. Das war sein eigenes Spiel. Im Nachhinein war das ein Fehler, und in Zukunft werden wir das Spielbrett ausweiten, auf die ganze Stadt."

„Nathaniel Gier wollte, dass sein Sohn als Sündenbock dasteht?", wollte Konrad wissen.

Herr Hunz nickte: „Aber jetzt bist du ja unser Sündenbock. Manchmal muss man eben improvisieren."

Im nächsten Moment tat es heftige Schläge, Sirenen ertönten aus dem Nichts, irgendwo zersplitterte Glas und Rufe hallten Entführer und Entführtem entgegen.

„Polizei!", schrie es von allen möglichen Seiten,
„Keine Bewegung, oder ich schieße!"

20

Herr Hunz packte die Angst.

Panisch griff er nach seiner Pistole zielte sie in Richtung von Konrad.

„Wie hast du das gemacht?", schrie er zu ihm, „Wie hast du die Polizei hierher gelockt?"

Obwohl eine Pistole auf ihn gerichtet war, schmunzelte Konrad: „Ob Sie mich jetzt töten oder nicht, ist einerlei. Ich habe der Polizei alles erzählt. Sie wissen alles. Ich habe bereits alle Informationen an die Polizei übermittelt!"

„Wann und wie?", rief Hunz, „Fang jetzt nicht an zu lügen, Konrad! Was glaubst du, wer du bist?"

„Ich bin Konrad Konnie Konradson.", sagte Konrad Konnie Konradson.

Die Rufe der Polizei wurden derweil lauter, sie kamen also näher und näher.

Herr Hunz drückte ab, doch die Kugel verfehlte Konrad.

Hunz trat näher zum Detektiv heran.

Bis er direkt vor ihm stand.

Er richtete die Waffe direkt an die Schläfe des Detektivs.

Endlich hatten die Polizisten den Raum des Geschehens gefunden und gestürmt.

Hunz war nun umzingelt.

Konrad konnte unter den Polizisten Herrn Gottnochamal erkennen.

Herr Gottnochamal hatte seine Dienstwaffe auf Herr Hunz gerichtet: „Bleiben Sie jetzt ganz ruhig, Herr Hunz. Wenn Sie abdrücken, werde ich das auch tun. Wenn Sie eine falsche Bewegung machen, werde ich abdrücken."

Fand die Erstürmung noch wie im Zeitraffer statt, war nun alles wie in Zeitlupe.

„Und wenn du schießt, dann werde ich Konrad töten müssen!", reif Hunz mit erstaunlich zittriger Stimme.

„Machen Sie jetzt keine Dummheiten! Das gesamte Industriegebiet ist umstellt, es gibt kein Entkommen.", sagte Gottnochamal.

„Weißt du, das Leben ist ein Spiel. Es gibt am Ende nur Verlierer.", sagte Hunz, „Eine Zeit lang kann man gewinnen. Doch kein Sieg ist von langer Dauer. Wer auf das Leben setzt, der hat doch schon verloren. Auf den Tod muss man setzten. Auf das Sterben. Auf das Vergehen. Den Niedergang. Nur das Mysterium hat Bestand. Auf das Spiel mit dem Leben und Tod."

„Auch Sie hängen an Ihrem Leben.“, flüsterte Konrad zu Herr Hunz.

Der drückte die Waffe noch stärker gegen Konrads Schläfe: „Es ist ein Instinkt, den wir alle in uns tragen. Ob man will oder nicht.“

„Lebendig kommen Sie nur auf einem Weg raus. Legen Sie die Pistole auf den Boden. Alles andere bedeutet den Tod. Dem Knast können Sie vielleicht irgendwann einmal wieder entkommen. Dem Tod aber nicht.“

„Die Waffe auf den Boden!“, brüllte Gottnochamal.

Hunz nahm die Waffe kurz von Konrads Schläfe, nur um sie dann wieder darauf zusetzten.

„Du bist der einzige, der alles weiß. Der einzige Zeuge, der auspacken kann. Habe ich Recht?“, flüsterte Hunz zu Konrad, und ein wahnsinniges Schmunzeln zierte sein Gesicht, „Du bist also der einzige, der mich ins Gefängnis bringen kann.“

Dann tat es einen Knall.

22

Herr Gottnochamal hatte abgedrückt und Herr
Hunz fiel zu Boden.

Sofort kamen Polizisten angerannt, kickten die
Pistole weit von dem getroffenen Hunz davon. Der
lag nun in einer Lache aus Schande und Blut.

„Bringt Hunz sofort ins Krankenhaus!", brüllte
Gottnochamal, „Der hat den Tod noch nicht
verdient!"

Der Polizeichef machte sich direkt auf zu Konrad
und wollte ihn aus seinen Fesseln befreien.

Auch der Yorkshire Terrier hatte sich endlich aus
der Deckung begeben und sprang wie wild
zwischen Konrad und dem Polizeichef hin und
her.

„Wir beide haben überlebt."; flüsterte Konrad zu
dem kleinen Terrier.

Herr Hunz wurde schließlich von Sanitätern auf
eine Trage gehievt. Dann legte Herr Bert eine
Handschelle um die Hand von Hunz, und die
andere um die eigene Hand.

„Der läuft uns nicht davon.“, versprach Herr Bert
in Richtung des Polizeichefs.

23

Auch Konrad durfte am nächsten Tag in einem
Bett im Krankenhaus erwachen.

Allerdings, ohne dass ihm eine
Gerichtsverhandlung, und ohne, dass ihm eine
Haftstrafe drohen würde.

Stattdessen bekam er, aus einem freudigen Anlass,
Polizeibesuch.

„Hiermit mache ich Sie zu meinem neuen
Assistenten, Konrad.", sagte Herr Gottnochamal.

„Wirklich?", fragte Konrad verblüfft und
ungläubig, „Aber ich habe doch gar keine
polizeiliche Ausbildung."

„Sie haben das Herz am rechten Fleck, und ganz so
verblödet -wie ich immer dachte- sind Sie auch
nicht.", lobte ihn der Polizeichef.

„Haben Sie vielen Dank, Herr Gottnochamal.",
bedankte sich Konrad überschwänglich und
verbeugte sich etwas unbeholfen.

„Das mit dem Geheimcode in ihrem Telefonanruf,
hat ihnen das Leben gerettet, Konrad.", sagte
Gottnochamal.

„Ich war mir nicht sicher, ob es ihnen auffallen
würde."

„Sie haben lauter und langsamer gesprochen, als
davor, das haben Herr Bert und ich dann noch
zehnmal angehört, und dann haben wir es
begriffen. Wie waren die Worte doch gleich
nochmal?"

Konrad wiederholte:

„Ich

nenne

dies

unser

Scheitern.

Trotzdem

renne

ich.

Egal.

Geradeaus!

Einfach

bis

ich

erstarre.

Tiefschwarz.

So

oder

so.“

„Durch die Anfangsbuchstaben haben Sie ihren
Aufenthaltsort kodiert. Sehr beachtlich, Konrad.
Und durch das SOS hinten, wussten wir, dass Sie
in Gefahr sind.“

„Kodieren kann jeder.“, sagte Konrad, „Aber es
braucht auch immer einen, der das Geheime
entschlüsseln kann.“

Nun war der Held unserer Geschichte also tatsächlich einmal in seinem Leben aufgestiegen.

Zudem hatte er zum ersten Mal in seinem Leben so etwas wie einen wirklichen Beruf.

„Sie sind ein guter Kerl.", sagte der Polizeichef zu Konrad, und reichte ihm zur Gratulation die Hand, „Das ist mehr wert, als ich immer dachte. Hinter ihrer Fassade sind Sie vielleicht sogar so etwas wie ein Genie. Auch, wenn ich jetzt nicht zu weit gehen möchte."

Für Konrad fühlte sich die Realität nun zum ersten Mal wie ein Traum an.

Endlich wusste auch er, wie es sich anfühlte, glücklich zu sein.

Er war nun der Assistent des Polizeichefs, davor hatte man ihn doch nur verlacht.

„Ich kann kaum erwarten, dass bald wieder ein Verbrechen geschieht, das wir aufklären können.“, sagte Konrad.

Der Polizeichef rollte mit den Augen und musste schmunzeln.

„Sagen Sie jetzt nichts dummes, sonst bereue ich noch, Sie zum Assistenten gemacht zu haben.“, sagte der Polizeichef.

„Ab jetzt bin ich leise.“, sagte Konrad Konnie Konradson mit einem Lächeln im Gesicht, „Versprochen.“